11

All about Love

11

All about Love

Guilty of Love

流離在你的愛情之中

II All about Love

by

Yumi

01

星期一，萬里無雲的藍色天空。

本該跟天氣一樣擁有陽光普照的好心情，卻頂著Monday blue的烏雲，走進辦公室坐到自己的位置上，開始每天例行公事，基本上都是差不多的事情，開會、整理會議紀錄，協調時間、公文傳遞跟歸檔，當然也是電子郵件的窗口，先過濾好信件，再依照信件內容寄送給單位裡負責的人。

看著看著，發現有封信件標題非常怪異：「陳元安與林言夕的故事」，標題斗大的名字，寫著男友跟我。

應該立刻就把信件刪掉，但基於人天生就有的好奇心，還是把內容打開：

林言夕跟安安在一起快七年了，雖然從大學開始就在一起，可是因為言夕總是淡淡的，所以安安有時候會覺得很寂寞。

不過沒關係，安安寂寞的時候，都是我陪著他一起度過喔。

安安是一個非常溫柔體貼的人，有雙很溫柔的大手，常常從背後突然抱住我。

但是有時候安安會不讓我買東西，他總是一直說人要惜福，雖然有時候聽起來很煩，但是我還是很喜歡安安。

安安說等他跟林言夕分手，就可以跟我過著幸福快樂的生活。

我好期待那天。

好像丟了顆石頭進湖裡，一圈一圈地漣漪散開來，都是不安的擴散，這樣的字句令人不安，即便我是這麼地相信元安，仍然會感受到信裡那些肯定的字句所帶給我的不安。

反射性地把信件刪除，這是怎麼一回事？為什麼這個人知道我跟元安在一起快七年，而且描述也的確像是元安，元安因為小時候家境不是很好，所以見不得別人浪費，常提醒人家要惜福。

相似的人格特質、相似的話語，要不是調查過元安、就是真的很瞭解他，應該沒有人可以瞎猜然後說得這麼準確。

這內容是真的？

認識元安這麼多年，他一直都很善良、體貼，從來沒有什麼事情欺騙過我，而且我們最近這陣子才在討論明年要結婚的事情。

每次想到都還是會由衷地微笑呢，在眾人的祝福下嫁給元安，一直以來都是我最大的願望。不知道對其他女生來說，結婚的意義是什麼。但對我來說這是人生中最重要的一件事，代表著我跟元安七年的感情終於可以獲得昇華，雖然我們的關係經過這麼多年的相處，已經變得跟家人一樣了，但總覺得「結婚」才是我應該跟元安一起共同奮鬥的另個起點。

該不會因為要結婚反而緊張起來，變得有點患得患失吧？元安不可能會背叛我，他昨天才對我說為什麼還要這麼久才結婚。

「好想現在就結婚。」他昨天在電話裡這麼說。

看了一下，寄件人的信箱是無意義的字串，信箱名稱也怪怪的。所以……應該是惡作劇吧，是這樣的，一定是這樣。

拿起電話，本想衝動地打給元安問一下，但又覺得憑藉這樣一封奇怪的信就要質問他是不是有什麼瞞著我，又很突兀。

不能存有懷疑，元安說過我們一定要彼此信任，才能走得長遠。

話雖如此，但是會受影響是免不了的，心裡面想要相信，卻還是忍不住往其他壞的地方想去。心裡的小惡魔正在說著：「事情不會空穴來風，一定都有原因的，妳不要傻傻地被騙了還不知道。」

還好能夠胡思亂想的時間不多，當腦袋還在想些亂七八糟的事情時，工作就一項項地出現，星期一總是有很多堆積著的加上新出現的工作要處理。

忙了一陣子抬起頭，不知不覺已經逼近中午時分。

進公司五年多，除了男友之外沒有什麼比較好的朋友，跟大家之間都是點頭之交，以前老師說過君子之交淡如水，所以我跟大家總是保持著君子交往的關係。

說是君子，但實際上就是沒有朋友，我對同事的冷淡其來有自，以前是因為元安不喜歡我太張揚，現在則是人家對我不抱持希望。雖然有時候覺得有點孤單，不過人生不就是這樣，除了元安，我不需要其他人的陪伴。

現在的自己，已經不習慣在很多人的場合裡扮演自己了。

知道自己對人際關係不夠積極，所以沒什麼朋友。

以前的朋友有時候會聯絡，但大家工作都忙，現在也應該都有各自的事情，假日朋友約聚會，常因為元安加班，又擔心我自己一個人出門，所以索性不去。

自從元安的工作多起來之後，連午飯也很少一起吃。

有時候也覺得寂寞，為什麼元安不陪我，但他認為工作是男人的重心，要先顧好工作將來我跟他才會有幸福的生活，所以寂寞也是應當的。他為了我們的將來在打拚著，我不能因為自己一個人的任性，就犧牲我們的未來。

本來一個人也挺習慣，但最近公司採用政府 22k 方案聘了幾位剛畢業的學生，其中有位劉湘云被公司分配跟著我在行銷部門實習三個月，才第一個月還沒過完呢，就覺得跟她很投緣。

她個性非常開朗大方，說是我們互相熟識，倒不如說是她一直積極地跟我說話，不論是工作或者是平常的事情，她總是能有很多話題跟我聊。

沒多久兩個人就變成朋友，中午都相約一起吃飯。

雖說是天真活潑的小女生，但做事很認真，也把她該學的事情都學得很完整。

自己雖然身在行銷部門，但實際上負責的工作比較像助理，負責處理跟行銷政策無關的相關事務，如協調通知跟其他部門之間的開會事項、整理統籌開會文件、處理分發公文、將開完會之文件資料歸檔等等，其實都跟創意的部分不太相關。

本來也有雄心壯志想要成為行銷高手，但這幾年讓我認清自己一板一眼的思考方式並不擅長需要跳躍式思考的行銷部門。但公司的薪水還不錯，加上男友也在公司，所以儘管工作有點乏味，還是一年一年地留下來。

天氣越來越熱，夏天不適合上班族，公司冷氣因為節能省電的關係越開越弱，但政策卻要求女性職員務必穿正式套裝，中午一走出公司就熱到覺得要融化。

融化了也好，至少生活裡可以多點不一樣的樂趣，我說不出對現在的生活有什麼不滿意，但也稱不上喜歡現在的生活。

總覺得應該還有什麼，還有什麼更令人覺得感動的生活才對。

一路上胡思亂想，和湘云共撐一把陽傘走到距離公司不遠的陳家麵館，上班五年多，幾乎每兩三天就要來報到，這裡的麵好吃到讓人願意不辭辛勞忍受高溫從公司走路過來大快朵頤一番。

麵店以前是位榮民伯伯開的，每到用餐時間總是人滿為患，遠遠地就能聞到那些牛肉湯、麻醬、滷味的香味，伯伯過世後店面由他的兒子跟媳婦繼承，雖然說味道沒有什麼太大的變動，但總覺得看不見伯伯爽朗的笑容跟招呼聲就好像少了什麼。

我總是想念著，屬於過去的一些事物。

想念過去和元安談戀愛的自己，想念過去沒有包袱的愛情，單純地談戀愛，單純地享受彼此的陪伴，隨著年紀的增長，這些單純的感動好像越來越少，當時情人節的十朵玫瑰會讓我感動到哭泣，現在我們為了將來而努力存錢，情人節不論是吃飯買禮物都很昂貴，所以把這些錢都省下來。

總是告訴自己這樣的生活會值得，因為每分錢都是他辛苦賺來的，感動是一時，而未來卻是永遠的。

「言夕姐，那個……妳最近都沒有覺得妳男友，也就是業務部的陳元安先生有任何怪異的舉止嗎？」本來還在抱怨天氣的湘云，突然冒出這樣一句話。

早上那封郵件突然跑進我的腦海中。「為什麼這麼問？」

「辦公室戀情最討厭了，一舉一動都會被發現，我最近下去業務部送公文的時候發現……」湘云拉長尾音。「他們新進人員中有個叫歐陽蔚的女生，因為爸爸是我們公司的大股東，所以被安插到業務部門，好像跟妳男友走得很近喔。」

我知道歐陽蔚是誰，最近去業務部都會看見，像日本廣告裡的女生一樣燙著大波浪捲髮，穿著打扮入時，戴放大片跟假睫毛，化妝非常精緻的年輕女生。

之前去看見她就覺得年輕女生真好，她們有一種很恣意的美麗，非常勇敢地展露出自己。那時候我去找元安時，看見歐陽蔚在他辦公桌旁談論著，歐陽衣服是V字領的，低頭跟元安討論時，內衣和她雪白肌膚都一覽無遺，業務部男同仁因為這景象，三不五時就站起來經過元安桌邊。

那時我還想著元安這樣怎麼能專心討論，回家之後我問他，他說他不敢看，真是老實的人。

他們討論完之後歐陽蔚經過我身邊，還給了我一個很燦爛的微笑。「言夕姐，來開會嗎？」

不應該對人懷抱惡意，不應該預設立場，這只是年輕女孩的風格吧，我想。

湘云用饒富興味的眼神盯著我。「你們不是交往六年多嗎？要小心七年之癢癢不停。」

雖然心裡開始有些不平靜，但還是試圖想揮去這些不安的情緒，告訴自己不要多疑，明明才開始討論結婚的事情，一切都很好。

一切都很好啊，我們之間不會有什麼問題的，他對我很放心，我對他當然也要百分百地相信，而且他去哪裡都會跟我報備，即便是為了招待客戶要去酒店，他都會一五一十地告訴我，因為他的誠實相待，我也都會相信他在酒店會有自己的分寸。

彼此相信，才是相愛的基礎不是嗎？

總是抱持著這樣的信念，和元安兩個人平平順順地生活著。

生活雖然不如熱戀情侶般多采多姿，卻有一種平凡的幸福。

思考之後我對湘云說：「謝謝妳的關心。但因為交往這麼多年，所以夠瞭解他。他身為業務經理，負責照顧新人是理所當然的事情，他這人因為剛來上班的時候總是處處碰壁，所以對新人總是特別照顧。」

「好吧，妳覺得沒問題就好。」湘云聳聳肩，沒有再說下去。

到了麵店點完餐之後坐下，湘云說：「對了，今天下班妳有事嗎？這兩天信義三越有彩妝特賣會，要不要去採購，之前我買的粉底現在用好像太乾了，我想換比較保濕的。」

「我很想跟妳去，但說真的，彩妝我又不用，買了也只是浪費錢。」很多年前開始，我就不化妝了。

想起妝容媲美韓國女星的歐陽蔚，她回眸那甜甜的笑容揮之不去。

突然有個壞念頭閃過我心裡：會不會，那封信是歐陽蔚寫的？會不會，內容是真的？

湘云大口吃著麵，邊問我：「我一直想問妳，為什麼不化點妝？至少看起來氣色也比較好。」

「可是我擦隔離霜好像就可以當粉底用了啊，妳看。」

「那不一樣，妳在行銷部門難道不知道產品包裝很重要嗎？妳就是很少化妝，常常看起來表情都很無神又黯淡。」

我摸摸自己的臉頰。「很黯淡嗎?」

想著想著，如果這些事情是真的，元安說要分手，我該怎麼辦?不會的，他不會說要分手的。我們要結婚了耶。無法想像跟元安分手的自己。

「雖然我是後輩，但是還是想提醒一下妳，女人啊還是投資在自己身上比較保險。」

話題在這裡結束，因為午休時間只有短短的一小時十分鐘，我們得快點吃完回公司去繼續未完的工作。

本來不在意的事情，經過別人的提醒，好像就會變得重要，湘云中午這麼一說，我下午三不五時都會想起化妝的事情。

回到公司後注意了經過部分的女性，才發現最近公司裡幾乎每個女生都化妝，不論是比我資深的，或是新進人員，大家臉上都至少有淡妝，比較誇張點的連假睫毛都有，像我這樣都不化妝的幾乎沒了吧，也難怪湘云要這麼問我。

思考著自己是不是應該學人家化一下妝，又想起如果這樣突然開始化妝，不知道元安會不會胡思亂想？

以前剛畢業時來上班，都會化妝，每天都要早起一個小時慢慢化妝，但有次去找元安之後，他叫我以後不要化妝。

「為什麼，不好看嗎？」

「不，很好看。但我怕太好看，會有別的男生想追妳，這時候我又不能跳出來保護妳。」

聽見這話心裡暖洋洋的，從那天起我就不再早起化妝了，總是擦個防曬就出門。

一直到現在。我都記著他說的話。

也對，是元安說的呢，所以還是這樣就好了，萬一太漂亮了怎麼辦呢？我對自己笑。

下午事情忙完的時候，又想起那封信。

雖然郵件已經刪除，但內容卻清晰地印在我的腦海裡，加上下午湘云說的話，讓我忍不住撥了內線給元安。

「業務部陳元安您好……」耳邊傳來他熟悉的聲音，突然又覺得打這通電話很心虛，我這是在查勤嗎？

「元安，是我。」要怎麼開口問他比較好？萬一真的是惡作劇，他會不會很氣我懷疑他？元安不喜歡人家不信任他。

「怎麼了，言夕？」元安的聲音還是一樣地溫暖。

「沒什麼事，你在忙嗎？」我應該要相信他，六年多的感情，不能因為這樣一封信就被擾亂，我們在一起那麼久，知道我們的名字還有元安的小習慣也不是什麼大事，相處久了大家都會知道。

「還好。」他輕輕淡淡地說著。

「嗯，下班一起吃飯？」我要把這些事情拋開，跟元安好好吃頓飯，最近業務部事情很多，元安天天都加班，已經有好幾個星期都沒時間兩個人一起吃晚餐。

「抱歉……」元安才說兩個字，就看見我們經理朝我走過來，我趕緊跟元安說：「不好意思我先掛電話，你如果忙的話下次再吃好了。」

「嗯，妳也加油。」

迅速地掛掉電話，經理已經站在我面前。「林小姐，跟男朋友講話喔？」

「沒……沒有。」我這個人真是不擅長面對上司，一看見上司就像小偷遇見警察一樣心虛。「經理有什麼事嗎？」

「妳十分鐘後來我辦公室一下。」經理說完之後轉身走回辦公室，他其實是個很不錯的人才，只是常常喜歡裝熟。

坐我後面的湘云轉過來。「喔，被經理召見喔？加薪加薪加薪。」

「最好是囉。」笑笑地回答，手上卻抓緊時間先整理比較重要的文件先發給同事，避免等下同事無法處理。

十分鐘後我走進經理的辦公室，經理正在講電話，他示意我坐在他面前的椅子上。

等了幾分鐘，經理把電話掛掉，笑容滿面地對我說：「那個，言夕，不好意思讓妳等我。」

「沒關係，應該的。」

「是這樣的……」經理好似突然緊張起來，拿出手巾擦著額上的汗。「妳知道，最近大環境不是很好，連冷氣都被管控，預算實在是有點緊。公司這邊又配合政府措施，訂定了一些新的政策，這個政策，說真的也不是很好，政府也不知道在想什麼，有時候都要逼企業做一些很心痛的決定，妳的狀況就讓人很難過……不過妳的資歷很不錯，其實要找其他的工作也很容易……」

我一頭霧水地聽到這裡，終於忍不住問：「經理，我不太懂你的意思。」

「唉，通知妳這件事，我也很痛苦，畢竟大家都一起工作這麼多年了，也有感情了是不是？」

心一涼，不會是這樣的狀況吧。

「公司這邊因為必須裁撤一些員額，但妳不要擔心，我們一定會推薦妳去其他的公司，該有的也不會少，只是公司現在有營運上的考量，必須採取相關措施，希望妳能諒解。資遣費公司會依照妳的年資算給妳。另外，如果妳能這兩天就處理好交接的事情，因為過幾天就月底，公司還是會把這個月的薪水全額給付給妳，不用擔心錢的問題。」

「怎麼這麼突然？那我的工作怎麼交接？跟誰交接？」問完這句話我突然靈光一閃。「是湘云？」

「唉……」經理又開始擦汗，邊說邊從抽屜拿出一張單子。「是這樣的沒錯，所以公司這個月才派她跟著妳實習，因為她要接妳的位置，這是妳的離職流程，整理好東西就跑一下人事室吧。」

接過經理遞來的離職程序表，雙手突然開始發抖。

這就是辛苦工作五年多的結果嗎？一張離職程序表？

不是應該給我些緩衝時間？讓我先去找工作？不是規定不可以這樣突然趕人走的嗎？為什麼？我在公司這幾年雖然沒有什麼太大的成就，但也沒有犯過什麼錯，為什麼突然就這樣子對我？

雖然心裡不能接受，但也明白經理不是下決定的人，所以還是很悶地對他說：「經理，謝謝你這幾年的照顧。」

慢慢地走出經理室，四周的同事有些安靜下來，有些抬起頭看了我一眼就又埋首繼續工作，沒有人對我說什麼，或許他們不知道。
但那樣淡淡的眼神，真的讓人感覺很心寒。
走回到座位上，情緒還沒有平復下來，湘云湊過來。「怎麼樣？加多少加多少？」
我茫然地看著湘云。「妳知道這件事嗎？」
湘云看我表情不太對勁，好像也有點著急：「發生什麼事？」
不知道該怎麼說她就是要接替我位置的人，只好把離職程序單舉到她面前。
「天啊！」湘云一把搶過。「怎麼會這樣？」
「這應該是公司的決定吧。」命令自己定下心來好好交接，對著湘云開始介紹我這台電腦的資料夾分類，方便她以後尋找檔案。「來，我跟妳說，這邊的檔案都是開會用的，會議通知、會議紀錄等等，這邊則是……」
「等等……」湘云按住我移動滑鼠的右手。「妳跟我講這些做什麼？」
「妳以後要坐這個位置，當然要知道這些。」我調整自己的心情，慢條斯理地說：「放心啦，妳很聰明，這一個月來我教妳的東西妳都學會了，現在看看資料夾，明後天就會上手了，有什麼問題的話，妳有我手機號碼，再隨時打來問我就好。」

「為什麼是這樣？」湘云一副不能接受的樣子。「不行，我去跟經理說！」

我拉住她。「不要這樣，這是公司的決定。」

「那妳怎麼辦？」湘云眼眶有淚，儘管只是一個月的相處，卻比相處了五年多的其他同事更讓我感受到分離的難受。

「工作，可以再找。」講解完電腦裡面的各種不同資料之後，突然發現自己能交代的好像就這麼多，五年多的工作，只剩下電腦裡這些帶不走的檔案。

跟回憶。

當初是自己先來公司應徵工作，那時候公司剛成立一兩年，業績也開始蒸蒸日上，那時候應徵進來的是這個部門新開的職缺，大家那時候也都不太熟悉該怎麼做，所有的流程也是自己一步一步摸索出來的。

好不容易過了一年多工作上手之後，元安退伍開始找工作，為了讓兩個人可以在同個地方上班，元安也來應徵業務部門，經過這幾年，元安升上業務經理，應酬跟外務都越來越多，自己卻還在一樣的位置不上不下的，薪資隨著年資有遞增，但做的事情卻是一模一樣，沒有太大的變化。

其實今天被經理約見，心裡的確是存著會不會升職或加薪的期待，結果卻是這樣。

說不難過是不可能的，沒有過錯只是因為薪水的部分所以被換掉，又或者是說我的工作誰來做都可以，並沒有什麼特別之處，很難過。

還能做什麼呢？

搖搖頭，試圖不讓委屈跟難過佔據我的腦袋。

「言夕姐……」湘云看我不說話，在旁邊拉著我袖子。

「我沒事，剛剛跟妳說的事情，都記清楚了嗎？」

「嗯。」

「那就好，先去忙妳的事情吧。」把湘云推回她的位置，我則是開始整理自己的私人物品。

整理好東西跑完流程之後回到部門，大家都已經去吃晚飯，最近有企畫要趕，所以已經加班好幾晚。今天難得不用加班，所以時間一到大家都趕緊下班放鬆去了。

望著四周，空盪盪的。連最後的告別也都省略，看著大家的空座位，突然有種空虛的感覺。

電腦還開著，湘云在我桌上留了紙條：

言夕姐，

等不到妳，家裡有事要先回去。

明天上班再聊，一定可以有辦法解決的。

明天我不會上班了，傻孩子。

但看著這張紙條，忍不住又哭了起來。到最後關心我的人只剩下湘云了嗎？

因為想找個人聽我說話，所以又撥了元安的電話，但沒有人接，還在忙嗎？

這個時候我覺得孤獨，自己一個人就要這麼沒理由地離開公司，離開這個熟悉的環境，環顧四周，不知道原來離開會是這樣的場面。

沒有人跟我說再見，說保重，只有我一個人孤孤單單地離開。

帶著自己這幾年來有形跟無形的物品跟回憶，默默地搭乘電梯下樓，走出門口，搭上捷運前，很訝異自己竟然沒有回頭再看一眼，或許是太熟悉，也或許是太陌生。

明明在那裡工作了這麼多年，要離開了，卻只想到元安跟湘云兩個朋友。這麼多年來我是不是很失敗？工作沒有做得非常優秀，連人際關係也沒弄好，到最後也沒有人跟我道聲再見。

忍住想哭泣的情緒，搭上捷運，在捷運上看著來來往往的人群，大家都跟朋友開開心心地談笑，越看越覺得心酸。

回到家把東西都放下，默默地換好衣服，打開冰箱開始替自己做晚飯，家人都在台中，我一個人在台北。

因為台北物價關係，生活比較花錢，所以能省的錢都盡量省起來，晚飯自己煮跟外食花費差很多，多年以來也就養成自己下廚的習慣，有時候元安會過來一起吃飯，過過兩人甜蜜的生活，但這一年多以來因為元安升職後工作量大增，兩個人幾乎沒有時間好好吃一頓飯，常常都是匆忙吃完之後元安又趕回公司去加班。

想想，跟元安也很久沒有去餐廳吃頓大餐了，我們總是為了未來，把賺來的錢都一分一毫地存起來。

或許，工作沒了也好。

至少早上可以不用在捷運上人擠人，有時候還遇到變態。

至少中午可以不必穿套裝在大太陽下走路去吃飯。

至少可以有時間去想去的地方遊玩，去海邊吹風、去山上看日出。

至少還可以……我想不出其他安慰自己的理由。

但是心情好低落。

簡單煮好香噴噴的親子丼之後看著平常看了會生氣的八點檔，也突然不想生氣。

其實很難過，但不知道該怎麼辦，從小就是這樣，遇到突如其來的事情會有一陣子傻住，想不到該怎麼辦，也不知道該怎麼反應。

吃完飯自己泡了杯茶，電話響起。

一接起來，熟悉的聲音衝進耳裡。「生日快樂，言夕。」

不知道為什麼，聽見這聲音，突然眼淚就掉下來。「媽……」

對了，今天是我的生日，連我自己都忘記的日子，算算已經二十九歲，人家說女生過了二十五歲之後就會刻意忽略自己的生日，不想承認自己變老，果然是真的。

「怎麼哭了？」媽媽溫柔地問著。

聽見媽媽問的話之後，眼淚更是洶湧地往外衝，媽媽邊聽邊安撫我，大概過了五分鐘才漸漸平息下來，我抽抽噎噎地說：「工作沒有了。」然後把今天的事情講了一遍。

「還以為是什麼大事呢。」媽媽笑了。「沒關係，以後妳就會發現，工作並不是妳人生中最重要的事情。記得妳以前拉著我一起看的日劇長假嗎？想想這部日劇，或許不會那麼難過。人生還那麼長，有很多機會等著妳，既然現在這樣，就當成放大假，好好休息一下。」

「媽……」媽媽總是很溫柔，從小到大都是這樣，每次傷心難過的時候，聽媽媽講完話，都會覺得好一些，這次也不例外。「謝謝。」

「每一個人，都有很多學習的機會，希望妳能從這次的事情中學到很寶貴的經驗。妳長大了，要知道世界會改變，不能總是一個樣子。」

「什麼一個樣子？」

「傻孩子，身邊有錢過日子吧？」

「嗯，公司會發資遣費。」

「記得，媽媽隨時都歡迎妳回家。」

之後又聊了一下，才依依不捨地把電話掛掉。

想起媽媽剛剛說的話，反省自己是不是真的需要多一點變化，從小就不喜歡改變，像是上學的路線，我永遠只喜歡搭同一線的公車，走同一條路。吃飯的時候，總是去某幾家店、點某幾樣東西，因為害怕去不一樣的店家點到不好吃的餐點，所以害怕嘗試新的事物。

大學剛跟元安交往的時候，他也覺得我這樣很怪，不過後來他慢慢地帶我去嘗試，漸漸地我相信他會帶我去的地方應該都不會太差。
開始工作之後，同事約我去吃飯，因為當時比較沒錢，又怕跟大家不熟那種聊不起來的感覺，常常都婉拒他們，漸漸地，同事們也都不太會找我吃飯，有時候有人約我，其他人也會說：「唉唷，她約不出去啦，不用找她。」
當時聽到難免覺得難過，但後來又覺得這樣反而輕鬆，或許就是這樣的個性，造就了今日的局面。
雖然有時候很懊惱自己養成了這種不喜歡跟人相處的個性，但有時候又覺得這樣比較安全，自己一個人，雖然比較孤單，但是很有安全感。
身邊因為有元安，所以覺得更安心。他是真的很體貼，對我很好。
以前大學時候的自己，是怎麼樣交朋友的呢？突然之間我想不起來那時候的自己，我也曾經很喜歡跟朋友出去玩很喜歡認識不同的新朋友。
曾幾何時我變成了只喜歡待在自己的世界裡的人呢？
今天是我生日，人生過了二十九年，竟然在生日這天被裁員，一輩子也不能忘懷。

希望元安記得我的生日，至少可以讓我在今天這些悲慘的回憶後能夠有些事情值得開心。

想起今天元安說要加班，下班的時候打電話給他也不在位子上，他會不會用加班當藉口，實際上卻是幫我準備了驚喜呢？

拿出前陣子跟元安去婚紗店的資料開始研究，元安說婚禮的部分盡量以簡單隆重為主，跟我的意見不謀而合，為了將來，還是盡量少花些錢比較好。

婚紗部分因為公司有合作的攝影廠商，所以提供的價格很實惠。餐廳的話已經找好場地，因為我們預計只請家人跟好朋友，所以支出應該也不會太誇張。

跟元安在一起已經邁入第七年的關卡，我們從大學時候相戀，感覺都很溫馨甜蜜，但這一兩年覺得我們已經變成家人的感覺，平平淡淡的，雖然有時候還是會回想起以前那些上山下海去遊玩的情景，不過現在的我們應該為了未來做準備，不應該再想那些風花雪月的浪漫。

想著想著，手機鈴聲大作，嚇了我一跳。

陌生的號碼？該不會是詐騙集團？因為最近是退稅季節，所以常接到退稅轉帳什麼之類的電話。還是婚紗公司打來確認呢？

想到有可能是婚紗公司就接起電話：「喂？」

「妳是林言夕嗎？」甜甜的女子聲音，聽起來不像大陸人。

「我是，請問妳是誰？有什麼事情嗎？」

「生日快樂。」那女生甜甜笑著。

「謝謝……但妳是？」我訥訥地問著。

「我叫歐陽蔚，安安跟妳提過了嗎？」聽到歐陽蔚跟安安兩個名字湊在一起，我心裡突然有種不太愉快的感覺。

「怎麼了嗎？公司有事？」

「不是公司的事情，是私事。」

「妳的意思我不太懂。」心跳速度突然變很快。

「安安沒跟妳說，他的生活已經不同了嗎？」女生用嬌滴滴的聲音說著：「他……沒跟妳提過我的存在嗎？」

「妳不是助理嗎？」

「我跟安安……已經在一起三個月了唷。」她說得很甜蜜，我可以想像電話那端她依然甜美的笑容。

但這句話，像炸彈，炸碎我對於未來的期待跟幻想。

拿著電話，時間卻像突然靜止了一樣。

二十九歲生日，這天，聽見心碎的聲音。

02

掛下電話之後仍然震驚的我，打了元安的電話，但他一直沒有接電話，也無從得知他的回應。

不知道該不該相信元安，還是相信歐陽蔚，畢竟都那麼理直氣壯地打電話過來直接找我攤牌。

或許比起元安的欺騙，更在意的是歐陽蔚理直氣壯的態度吧。

心裡很驚訝，也有點痛，但是還是願意相信這一切應該都是歐陽蔚編出來的謊話，為了讓我離開元安身邊的藉口。我相信元安，他不會對我做出這樣的事情的。

我們都會下意識原諒打從心裡愛著的人，所以原本應該責備的是對自己不忠心的人，但卻把怒氣轉向了第三者。

是的，如果沒有第三者的存在，我們的愛情也不至於走到今天這地步，我不知道元安知不知道歐陽蔚打這樣的電話來，在我，我認為元安只是比較照顧她，而歐陽蔚則是完全誤會了元安的意思，元安不是會欺騙我的人，元安不是會因為對方年輕可愛而被牽著走的人，這一切應該都是歐陽蔚故意要來擾亂我們的愛情。

一定是這樣的。

從過去到現在，我都一直相信著元安。

他下班沒打電話給我，我也不會追問，因為知道他應該在忙，他有更重要的事情要處理。我忽略了他已經很久都沒約我吃飯沒來我這裡兩個人膩著看電視，我知道他會為了我們的家我們的未來努力。

歐陽蔚說的事，絕不會是真的。

雖然這麼想，但心裡還是很氣惱，有時看鄉土劇都會看見理直氣壯吵架的畫面，那種大聲講話的樣子很令人佩服。我也很想成為這樣的人，大聲且恣意地表達意見，決定今天要付諸實行。

下定決心後，拿起電話撥了元安的號碼，話筒那頭一直沒有回應的聲音，我既想要他快點接電話，又怕他接了電話我不知道要做什麼，在這樣的心情之下，連一點點雜訊都突然讓人好緊張。

最後，轉進了語音信箱。

我不死心，也因為一股氣卡著不上不下很難過，所以一直撥一直撥，半小時後，他終於接了，聲音有氣無力地：「言夕，怎麼了？我很累，不小心睡著了。」

「謝謝你送給我的生日禮物。」雖然心疼他的疲倦，但更想要知道事實，我盡量保持自己聲音的平靜。

電話那端沉默了一下子，有那麼幾秒鐘我以為他睡著了，他卻又說：「對了，今天是妳的生日，生日快樂。對不起，我忘記了。」

「沒關係，禮物我收到了。」

「什麼禮物……」這句話講到一半突然中斷，接著他口氣變得小心翼翼。「怎麼了嗎？」

深呼吸，用我能裝出最冷漠的語氣說：「你請歐陽蔚小姐送的禮物，她已經交給我了。」

「她……」元安好似突然緊張起來的感覺。「送妳什麼？」

「送我真相。」我平靜地、非常單刀直入地問：「我想問你，你真的跟歐陽蔚說的一樣，已經跟她在一起三個月了嗎？」
「言夕，妳聽我說……」他心情的確是緊張的，否則不會這樣急躁地搶話，長久以來，他都是從容不迫地處理事情，包括愛情。
這樣從容不迫的元安，會為了歐陽蔚的幾句話，開始變得緊張，這其中的確有蹊蹺，我認為的真相，或許會變成不願意面對的事實。
我想知道答案，卻又不想知道。
希望能夠活在自己構築的真相裡，希望歐陽蔚說的一切都是假話，她所說的愛情只是她一個人的想像。
「好，我聽你說。」若是真的背叛我，也得聽本人親口告訴我。
就算真有其事，也該是由元安親口說，由歐陽蔚來告知這個消息，多麼難堪，多麼傷害。
「這麼多年以來，我覺得有點累了……」元安嘆息。
累了？
「妳開始計畫婚事，卻沒顧慮到我的事業正開始，每天拜訪客戶、吃飯、應酬，妳下班就直接回家，上班也很輕鬆，不懂我的壓力所在，我……我其實不想這麼早結婚，所以……」

「那為什麼要求婚？」我咬著嘴唇，感覺到痛一點一滴傳來。

「因為覺得也在一起七年了，我媽說不可以這樣拖著女孩子的青春，想想也對。我對妳，的確有應該要負的責任。」

「責任？」聽到這兩個字，我的聲音開始忍不住地發抖。「這麼多年，我對你來說只剩下『責任』兩個字嗎？」

「一開始，歐陽蔚就沒有掩飾過她喜歡我的態度，我剛開始也抗拒過，但是她那麼積極，又會陪著我下班應酬，陪著我跟客戶談事情，有了她，談生意真的容易很多……她也很認真地在幫忙我的事業。」

聽到這裡我不想繼續往下問，也不想再多問什麼，腦中一片混亂，原來他的事業需要這樣的人幫忙，而我是不被需要的。

我覺得這一切好悲哀，自以為元安很愛我，所以為工作打拚，以為結婚是他的願望，想不到這一切都只是因為他覺得對我有責任，而他欺騙我、背叛我，則是因為歐陽蔚可以在身邊陪著他。

可以在上班時間陪著他談生意，下班時間陪著他應酬。

可以無時無刻陪在他身邊。

男人的心思多麼難懂。

常聽人說女人心善變又難懂，但今天我覺得男人才是一種難瞭解的動物，我為了他想，為了我們的未來規劃藍圖，卻比不上歐陽蔚的陪伴。

陪伴。

所謂的陪伴，不只是下班後的時間，連工作時間內那樣的互相幫助，都是元安生活裡必需的刺激嗎？

一直都被蒙在鼓裡，還認真地企畫婚禮的事情，歐陽蔚說他們在一起三個月了，算算時間，約莫就是元安跟我求婚後沒有多久，那這之後的一切都是假的嗎？

聽歐陽蔚用完美的妝容，塗抹著閃亮唇蜜的雙唇振振有詞地說她跟元安在一起的事情，讓我有時候很想把水潑在她精心裝扮過的臉上，看看她的面具會不會掉下來。

「我真的很喜歡安安，雖然他騙我說他跟妳已經分手了。我知道之後很生氣，不過安安解釋說因為跟言夕姐妳交往這麼久，沒愛情也有親情，所以才一直照顧妳。」我想起歐陽蔚說的話。

「你只要告訴我，你們在一起了嗎？」頭好痛。

「言夕，我跟她，的確是在交往。」元安，慢慢地，把這句話說出來。「但是我還是放不下妳。」

聽見元安的話，先是一震，鼻頭很酸，卻不知道自己該怎麼反應，只好對他說：「可不可以，出來談一談？」

即便是這樣的時刻，我還是想見他一面。

即便他現在有其他的女人，我還是相信自己的地位仍然與眾不同。

我相信他會因為我的哭泣我的眼淚我的心痛而跟著難過，我相信他最後還是會選擇愛我，因為我才是這個世界上最喜歡他的人。

我才是這個世界上對他最好的人。

「嗯。那等下我去接妳？」他嘆氣。

「不用，直接到公司附近捷運站旁的 Starbucks 吧，我大概二十分鐘會到。」

掛下電話之後，我開始逼自己冷靜地想，摒除所有情緒，去想這整件事。

不斷盡力地告訴自己：歐陽蔚只是一個意外，只是我們人生路上一顆小小的石頭，只要踢開之後我跟元安還是會順著既有的腳步結婚的。

畢竟我們都交往七年，彼此的父母對婚事也都心照不宣，前陣子元安還帶我回台中跟我媽一起吃飯，我們的結婚對彼此父母來說都是順理成章的事情。

人都難免會遇到誘惑而把持不住。

但沒關係，人不怕做錯事，只要肯改過就好。

出門搭上捷運，心裡面還在盤算著等下元安認錯的話，要先發脾氣教訓他一頓，然後他會跟我解釋前因後果，誤會冰釋之後我會原諒他、和好，明年還是會結婚。

「我相信，我們一定會幸福的。」這是元安求婚時說的話。

沒錯，我們一定會幸福的。

不管碰到什麼阻礙，我們都能克服，然後一起幸福。

沒有元安的生活，根本沒有所謂的幸福。

到店裡的時候，元安還沒有出現，於是我點了自己最喜歡的熱焦糖瑪奇朵跟元安最喜歡的冰拿鐵少冰不加糖，默默地坐在落地窗旁邊，看著漸漸變得稀落的人潮。

等他來，等他來把事情說清楚，等他來告訴我他只是一時迷惑。

沒多久，元安出現了。

但他不是一個人來，旁邊親親暱暱地挽著他手臂的人，是歐陽蔚。

心裡突然覺得一陣悲哀，但還是強自鎮定著。

我冷冷地看著他們走過來，歐陽蔚依然是化著無懈可擊的妝，肩上掛著個LV包，甜甜笑著。

「言夕……」元安開口，表情有些難堪。

「坐吧。」

元安坐在我對面，接著歐陽蔚理所當然地坐在他身邊。

「這杯是什麼？我喝喝看。」歐陽蔚拿起冰拿鐵就吸了一口，接著蹙緊眉頭。

「沒加糖，這是你喜歡的口味不是人家喜歡的。」

我靜靜地看著她，一句話也說不出來。

接著她偏著頭對元安說：「我要去點一杯茶，人家怕喝咖啡晚上會睡不著。」

她起身對我微笑，離座去點飲料。

「我很抱歉……。」元安伸出手，抓住我放在桌子上的兩隻手，緊緊握著。「是我對不起妳……」

我告訴自己不能哭，絕對不能哭出來。「為什麼？」

「這幾個月我也很不好過，我跟小蔚在一起，但心裡又想著妳，我覺得對不起妳，但是小蔚讓我覺得自己被愛著，她真的很愛我。」

我直直地看著他的眼睛。「你覺得我不愛你？」

「妳給的愛，不是我想要的。妳總是淡淡地，但小蔚不一樣，她每天每夜告訴我她有多喜歡我，每天都陪著我四處去拜訪客戶，被客戶刁難的時候，她能理解我的心情。而妳總是連電話也沒有一通……」

「我……」我不打電話不是因為我不在乎，是因為我怕自己打擾你談生意或者是休息的時間，我寧可你有時間給我電話，而不是緊迫盯人地追著你問行蹤。但是我不想辯解，聽到這裡，我心都寒了。

元安慢慢把手抽離開，對我說：「我們分手好嗎？」

想不到會是這句話，聽到之後我睜大眼睛看著他。「你說什麼？」

元安把眼睛閉上，深呼吸一口氣之後張開眼睛：「我要跟妳分手。」

完全沒預料到會是這種答案的我，剎那間只是心好痛。

「為什麼？」我腦袋一片空白，也不知道自己問這個做什麼，元安說得很清楚了不是嗎？

「我不能再這樣欺騙妳，其實欺騙妳我也很痛苦，與其大家都這樣辛苦下去，不如就快刀斬亂麻。**我現在，真的比較愛小蔚。**」

「我們要結婚了耶。」我拿出資料袋，把婚紗公司、餐廳跟喜餅的資料一字排開，壯觀地攤在他面前，不知道為什麼我越講越急：「這是我今天原本要跟你討論的事情，我們明年要結婚，這些東西一定要兩個人先商量過，你說過我們一定會幸福的，事情不會是這樣的，不應該是這樣的……」
「言夕，我們……」元安才說幾個字，買飲料的人回來了。
看見桌子上攤著的資料，她尖叫一聲，附近的人轉頭往這邊看過來。
「安安！你真的準備好了喔？你好貼心，我昨天才跟你提結婚的事情，你今天就都把資料帶來了！」不知道為什麼，看見她我就覺得自己越來越想走。歐陽蔚非常開心地抱住元安。「謝謝親愛的安安。」
想說的話此刻全都卡在喉頭，什麼都說不出來了，只覺得悲哀，深深地替自己覺得悲哀。我應該要拍桌子離開，至少還能保有最後的自尊，不要留在這邊被這樣對待。
走吧，還不走要等人家羞辱妳羞辱到什麼時候？
我把資料推到歐陽蔚面前，起身要走。「送妳。」
「呃？」歐陽蔚看著元安：「這是言夕姐準備的嗎？」
問完之後歐陽蔚拉住我的手逼我坐下。「對不起，言夕姐，我不知道這是妳準備的。對喔，之前安安有說過你們要結婚。但是現在發生這種事，我真的很內疚，當初我真的不知道安安已經有言夕姐了，只是因為好喜歡安安，喜歡他工作的用心，喜歡他對我說話的樣子，所以才跟安安在一起。後來知道妳的事情之後我也好痛苦，我不想要當人家的第三者啊。所以今天才叫安安出來，我們一起跟言夕姐談一談。希望事情可以好好解決。」

我瞄到歐陽蔚的指甲，是時下年輕女孩流行的水晶指甲，上面還點綴著粉紅色跟金色的彩繪。

歐陽蔚把手舉到臉前點著自己的下巴：「其實我也希望安安可以跟言夕姐在一起，你們好好過你們的生活，畢竟你們都已經交往七年，我只是跟安安三個月而已，比起來當然是我會比較不痛。我不希望自己破壞你們，但是你們要先解決你們之間的問題啊，不然這樣也不好。」

聽到這些話我抬起頭，我跟元安有什麼問題，連我自己也不知道，元安跟這個女生講了很多我們之間的事情嗎？

「言夕姐要是真的很愛安安，怎麼可以讓安安這麼孤單呢？」歐陽蔚直直地盯著我，用一種毫不掩飾的直率眼神看著我，一點點愧疚都沒有。

安安寂寞的時候，都是我陪著他一起度過喔。這句話浮現在我腦海裡。

我看著眼前這個交往了七年，卻默默欺騙我的男人，和他的新女友。

「言夕，對不起。」元安把資料推回到我面前。「我不能跟妳結婚。」

「安安你不要這樣。你要跟言夕姐把話講清楚，看看是不是還能在一起，我離開沒有關係的。」歐陽蔚抓著元安的衣袖，很委屈地低聲說著。

我抓起包包起身就走，連告別的話都不想再說。

「安安，言夕姐要走了，快去拉住她跟她講清楚嘛！」我聽見身後歐陽蔚的聲音仍然叫著。「你們真的要分手喔？」

狼狽地衝出門外，不知道自己的方向，只是一直往前走。

歐陽蔚衝出來，拉住我。

我回頭恨恨地看著她。

「言夕姐，妳這樣子走掉，是真的要跟安安分手嗎？」

「妳認為呢？」

「那……」歐陽蔚咬著下唇。「妳不要他，我可以跟安安在一起了嗎？我想要得到妳的允許。」

我說不出話來，不知不覺這世界已經變得瘋狂了嗎？

為什麼可以說出這樣的話來呢？

我沒理歐陽蔚，甩開她的手就往前走。

「言夕姐！言夕姐！」歐陽蔚的聲音好刺耳。

我快步走著，一直到覺得離他們很遠很遠之後，才放慢腳步。心跳很快，呼吸很急促，我咬住自己的嘴唇，到了公司附近，坐在門口花圃前的長椅上，再也忍不住那些早就應該奪眶而出的眼淚。

剛剛那些畫面都還在腦海裡，不斷重複播放傷害。

為什麼七年的感情，會比不上三個月的陪伴？

如果他需要陪伴，為什麼不告訴我？然後自己接受了另外一個人的懷抱，再來告訴我，是因為我都不給他時間？

原來走到今天我們的感情已經早就消失了，只剩下我自己一個人還保有那些美夢，還活在自己對未來的憧憬裡。

哭著哭著突然打雷，接著大雨傾盆而下。

原來連續劇寫的都是真的，一個人在失意的時候真的很容易碰到下雨，連老天爺也知道我的悲哀嗎？過了七年，竟然連分手都不能彼此互相體諒。

原來我深愛的人他心裡沒有我的位置，早就沒有了，我還在這裡傻傻地做著夢。

在傾盆大雨的夜晚，公司變成前公司，男友也變成前男友，諷刺的是，今天還是我的生日。

我永遠都不會忘記今天。

在雨中，回想著我跟元安的過去，元安對我告白的夜晚，第一次接吻、第一次兩人單獨出去玩、第一次出國、第一次初體驗……，這麼多第一次，都是跟元安在一起的時候發生的，為什麼這時候他要這樣對待我？

為什麼要用這麼不堪的方式結束我們的愛情？為什麼要用這種醜陋的方式結束那些美好的過去？

「我們結婚吧。」

三個多月前的晚上，在天母新開的 Motel，柔和的燈光跟水霧中，元安從浴缸裡拿出一個戒指，對我這麼說。

那時候我非常驚喜地說好，然後看著他把戒指套在我的無名指上，閃亮亮的承諾。

現在我盯著自己無名指上的戒指，眼淚又開始氾濫。

抱著自己的膝蓋靠在椅背上，覺得好冷，在原本應該炎熱的夏天夜晚覺得好寒冷。

「妳怎麼了？」旁邊突然一個女生拉住我。「是不是需要幫忙？發生什麼事情了嗎？」

我抬起頭，淚水跟雨水模糊了視線，眼前是一個撐著傘，非常時尚的女子。

「救救我。」我伸出手，不知道為什麼說出這句話。

站起身來，一陣天旋地轉，眼前發黑，往前倒，感覺到流竄的水跟冰涼的大理石地，就失去意識。

□

做了許多惡夢。夢中的我被孤立，朋友一個一個離開我，元安取消婚約，牽著歐陽蔚的手離開了，父母不諒解我被取消婚約，沒有工作，獨自走在路上，一個朋友也沒有。

接著驚醒，睜開眼睛之後發現人在醫院，就躺在急診室的臨時病床上。

「醒囉？」轉過頭，發現是剛剛那個時尚的女子，此刻她的衣服也都還半濕，坐在床邊的鐵椅上翻著Vogue。

愣住約五秒之後，我立刻想起自己那誇張的行為，竟然在一個不認識的人面前昏倒了，還好對方是女生，不然真不知道現在醒來會出現在哪裡。

「很抱歉……」我急急地坐起身來，卻覺得還有點暈眩。

「先躺好吧，醫生說妳撞到頭，要觀察一下，會想吐嗎？」接著她放下雜誌，轉過頭來看著我：「對了，希望妳不要介意，我打開妳皮包拿出健保卡，不然沒辦法替妳掛號看醫生。」

「沒關係……應該是我要謝謝妳。」

「妳看清楚。」那女生突然把臉靠近我，距離我大概只有十公分。

我嚇一跳。「什……什麼？」

「妳不記得我嗎？」

我認真地看著她的臉，深邃的五官，俐落的短髮，是客戶嗎？「對不起，我不記得，請問妳是……？」

「我是李佳薰。」

李佳薰？大學同學那個李佳薰？

「我記得佳薰，可是妳跟佳薰長得不太一樣。」

「其實我有稍微改造一下。」佳薰很爽朗地笑著，接著壓低了音量。「割了雙眼皮，鼻子跟下巴都墊了一下，怎麼樣，差很多吧？」

「呃……」這問題好像怎麼回答都不對。

「人生，就是要勇於為自己爭取機會，變漂亮之後，人生都開闊起來了呢。」

佳薰坐到椅子上之後，又問我：「想想我們從畢業之後就沒聯絡過耶，想不到今天會在路上遇見妳。對了，這麼晚了妳為什麼一個人在那裡淋雨啊？」

「我……」不講還好，這一想起來，又是一陣淚水模糊了視線。「我男朋友劈腿，今天跟我分手。」

「那有什麼好哭的？」佳薰皺眉頭。「這種會劈腿的人，妳為什麼要為了他難過？」

「我跟他在一起七年了。」

「是陳元安喔？」

「嗯。」

本來還以為佳薰會很驚訝，但她只是淡淡地挑了一下眉毛。「那又怎麼樣？」

「什麼意思？」

「不管七天、七個月還是七年，分手就趕快忘記對方，斬斷一切面對自己的人生這樣比較好。」

「哪有這麼容易？」我有些不開心，佳薰不懂我們的狀況。「妳又不懂我們的狀況。」

佳薰斜看我一眼。「妳以為你們之間不一樣？告訴妳，妳這種笨蛋我見多了，以為對方還愛著自己，只是被其他女生迷惑一時糊塗，有天他想通絕對會回到自己身邊的。妳是不是這樣想？」

「我沒有。」我訥訥地說著，有種被看透的感覺。

「趁早放棄吧。早點重新開始自己的人生對妳才有好處。」佳薰拿起自己的手提包，我這時才看見那是LV，又是LV。「妳沒事的話，我要走了，自己好好想想囉。」

「那個……謝謝妳。」

「不用客氣。自己好好保重啊。」佳薰踩著高跟鞋遠去，噠噠噠的聲音在急診室裡迴響。

佳薰離開之後，我躺在急診室的病床上，回憶起今天晚上發生的事情還是好難過，我真的好想知道為什麼他選歐陽蔚？

為什麼？

手機振動著，拿起來一看，是元安，我著急地按著通話鍵。「元安？」

「言夕姐……」歐陽蔚的聲音。

我頓時想切掉電話，用元安的手機打來是為什麼？

「言夕姐，對不起……我真的不是故意要破壞你們，今天發生這樣的事情我也好難過。」

「妳不要再講了好不好？」

歐陽蔚竟然哭起來了。「這件事情我也是受害者，我剛開始根本不知道他有女朋友啊。」

我突然有點生氣。「所以呢？」

「所以我根本不知道自己會破壞你們，安安又對我那麼好，我愛上他之後才發現有妳的存在，我也很痛苦啊，為什麼我們沒有早一點相遇……為什麼要讓我當壞人，我從來沒有遇到像安安這麼棒的人，為什麼妳要比我早先跟他在一起？我又不是故意的……」歐陽蔚倒是越哭越傷心了。

我切掉電話，不想再聽這些顛倒是非的話。

為什麼她可以覺得自己才是受害者？好像現在事情會走到這地步都是我的錯一樣？

手機又開始振動，又是元安的號碼，但這次會是元安還是歐陽蔚？我應不應該接起來？

「喂？」還是忍不住想著有可能是元安，所以又接起電話。

「妳為什麼掛電話？！為什麼這麼沒禮貌？」歐陽蔚提高聲音問我。「妳長這麼大難道不知道掛人家電話很沒禮貌嗎？我又還沒說完！」

聽到這句話，突然之間我崩潰了。「是誰沒禮貌？我掛妳電話算很客氣了，現在我們講的是妳搶走我的未婚夫，那是我的未婚夫！妳知道妳現在跟我的未婚夫在一起嗎？！我認識他媽媽、他妹妹，他所有的親戚都認識我，我們原本要結婚了，是妳，妳來破壞這一切，現在竟然敢怪我沒禮貌？我才想問妳，妳到底知不知道自己有錯？」

急診室的人突然都轉過來看這邊，但是我氣到極點也顧不得羞恥心。

「說什麼妳才是受害者，妳以為妳是誰？有膽子搶人家的男朋友就要有擔當，自己承擔起罪名，不要還想把責任推到我身上！我才是受害者！」接著，我怒火攻心地說出了自己從來沒說過的話：「不要臉！妳是個不要臉的女人！」

「妳……」我只聽到這個字，接著一陣乒乓聲，好像有東西掉了，然後聽見元安的聲音叫著：「小蔚！」

原來元安在旁邊，他聽見了這一切嗎？他容許這一切嗎？他容許這個女人拿著自己的電話來責怪我？來對我耀武揚威？

「妳跟她說了什麼？她昏倒了！」元安氣沖沖地問我。

「我……」昏倒？昏倒誰不會？！我現在也可以昏倒，昏倒不就是倒下去就好了嗎？「誰知道她是不是假裝的？」

「妳真的已經不是我認識的那個言夕了……」元安說完這句話之後就掛斷。

「沒跟妳結婚果然是對的。」

握著電話，我慢慢地坐在地板上，地板冰涼的溫度跟我心裡的溫度一樣。

被元安一句話打得毫無招架之力，望著四周人不時投過來的眼光，突然好想把自己藏起來，藏到沒有悲傷沒有眼淚的世界，慢慢地等時間過去。

只是一句話，我不斷地安慰自己那只是一句氣話，不要在意，但越是回想，就覺得越難過，我們之間，真的什麼都沒有剩下嗎？

元安選擇了歐陽蔚，把我們之間的愛情當成洪水猛獸一般消滅了。

我們的愛，真要到如此不堪的地步？

在這個小小的世界裡，已經看不見青藍色的天空，只剩下灰色天空，不停下著雨的灰色天空。

□

回到家之後，開始慢慢地整理這七年來的東西，拿一個很大的紙箱，把我們的信件、禮物、照片……通通都收在裡面。

以前出去旅行，很習慣用拍立得，總是把合照貼在自己的行事曆上，但歲月過去，照片的影像變得模糊，跟愛情一樣都面臨消失不見的局面。

傻傻地翻閱著幾年前的行事曆，那是他當兵前最後一次旅行，我們騎摩托車去環島，兩個人包得跟採茶姑娘一樣，從北到南，繞到東部，再回台北。

幾百公里的旅程，見證了我們的愛情。

但如今，這些回憶，都只能連同愛情一起埋葬。

不想去恨他，即便我們已經不能在一起，我還是希望自己能留著對他最好的記憶，繼續過生活。

雖然很痛，也要記住這些美麗的過去。

還好現在不必工作，不然這種狀況去上班也只是行屍走肉，湘云打了幾次電話過來，我都跟她說我很好，也找到新的工作，讓她別再內疚，想想她可能是除了媽媽之外唯一會擔心我的人。

從分手那天開始，已經過了七個日夜，每個日夜對我來說都是無盡的煎熬。

吃不下，不能入眠，閉上眼睛只看見他們緊緊相擁的畫面，聽見元安對我咆哮的聲音，於是我拿起酒，一瓶又一瓶不斷地喝，喝到自己無意識地倒下。

我不是想折磨自己，但如果不這樣，那些停不了的痛，會不斷地跟著心臟的跳動，一下一下戳刺著心。

那天以來，電視一直開著沒有關過，害怕關掉之後的靜默，我總是聽見他們兩人在附近繞著圈說話聊天嘲笑著我。

相愛原本如此美好，為什麼會變得這麼殘酷？

發著抖站起身來，不經意地瞥見鏡子，這是我？黯淡的臉色、無神的雙眼，憔悴得幾乎不像是自己。

那也好，如果可以死去，或許心裡不會再這麼痛。

在這個世界上，會為我死去而傷心的，到底會有誰？

曾經以為有的世界到今天為止崩潰了大半，到底還剩下什麼？到底還有什麼可以支撐著活下去？眼淚停不住，心痛停不住，活在無邊無際的黑暗裡，伸出手，什麼也看不見。

好痛。每分每秒地痛著。

為什麼會這麼痛，為什麼不會痊癒？以為埋葬了過去的回憶之後就可以忘記，可以面對這一切，可以面對被深愛的人背叛的事實。

現實這麼醜陋，我卻還在編織自己美麗的夢。以為這些傷心跟沮喪都會隨著時間一點一滴過去，但是事實卻是越來越傷心越來越沮喪。

他最後說的話語仍在耳邊縈繞，告別的話語那麼殘酷，深深地烙印在心上。

做不到原諒，做不到遺忘。

只感到好痛，像是有人捏住心臟，隨著每次心跳一下一下地拉扯的痛。

但是……

還是好愛他。

還是好想念那個大學時代時送我回宿舍，在門口親吻我的元安；跟我去澎湖，在海邊沙灘上寫下我愛妳的元安；陪我看恐怖電影，卻比我還害怕的元安；出車禍時，第一時間幫我處理好所有事情，送我到醫院、住院時每天蹺課來陪我的元安；當兵放假時猴急地帶著我去摩鐵的元安……這些甜蜜的、快樂的記憶我都忘不掉。

我真的不想離開你，可不可以回到我身邊？

我可以假裝這一切都沒有發生過，我真的可以不計較不生氣不在意，只要你不要選擇離開我。

逼自己停住的眼淚，又開始氾濫，我們的未來，就要跟著過去一起消失了嗎？

在不斷侵蝕身心的巨大傷痛中，我想停在黑暗裡，再也不要醒過來。

我好喜歡他，我好希望他在我身邊，希望這種無邊的痛苦都是假的，像是做完惡夢之後總會醒過來一樣地，但每次睜開眼只是現實，而現實很痛。

沒有人理會，也沒有人關心，沒有人回應我的喜怒哀樂，突然之間只剩下自己一個人。

我關住了自己，再也看不見天空。

不知道是第幾個天亮，接了媽媽的電話。

冷靜地把所有事情都告訴她，不想讓她擔心，說了自己很好，也說了已經找到新工作，最近很忙啦之類的謊話。

說謊的時候我還是面不改色，連臉紅都沒有。面對親人，我連謊言都變得自然，為了不讓她擔心，一定要假裝我很好。

原來這麼多年來進步最多的是說謊，但想必元安說謊的功力比我更厲害，因為從頭到尾我都沒有發覺他在欺騙我。

想起湘云的問題，想起那些沒有電話的夜晚，那麼多人都知道的事情，只有我還沒有察覺，傻傻地等待元安加班後給我的晚安電話。

我擁有的也就只有這個，每天下班回家之後，一個人等他的電話，常常都是一句：「到家了，我好累，要洗澡睡覺了，晚安言夕。」

就這麼簡單的一句話，然後我就可以心滿意足地入睡。

雖然有時候連這通電話也等不到就累得睡著，我還是相信著元安。

他說希望我們彼此信任，但最後信任卻換來這樣的結果。

現在才知道自己這麼傻，原來那些加班的時間都用到歐陽蔚身上去，只剩下我還覺得未來一蹴可幾。

早就已經沒有未來可言了啊。沒有愛情，也沒有責任，什麼都不剩下。

痛苦的事情，一個人難過也就夠了，沒必要讓家人陪著不開心。

已經二十九歲，能夠自己來的事情不要再依賴誰比較好。

跟媽媽講完電話之後，倒回床鋪上，第一百次試著想要入睡，至少讓自己休息一下不再想那些有的沒的過去。

會不會這只是玩笑，其實這只是元安開的玩笑，明天醒過來之後他就會出現在門口，舉著花束對我說：「親愛的生日快樂！」

雖然生日都過去這麼久了，我也不應該再有奢望，但心裡還是希望他不是認真的，終究還是會回來我身邊。

七年，七年的點點滴滴，可以這麼輕易就被取代嗎？

坐在家裡，不知不覺又打開一瓶新的紅酒，這些酒是為了結婚宴客買來試的，那天在店裡不斷地試喝，喝到兩個人都快要醉醺醺了才東倒西歪地坐捷運一起回到家。

那些幸福的點點滴滴，在元安心裡算什麼呢？他都忘記了嗎？

過了十多天，一點點消息也沒有，電話沒再響起，信箱裡也沒有信件。

「只見新人笑，不聞舊人哭」，我就這麼從元安的生活裡被切割得乾乾淨淨，一點點痕跡都沒有留下。

還是會哭泣，不知道為什麼要承受這樣的痛，也不知道這樣的痛什麼時候會好，覺得自己很沒用，他這麼對待我，卻還是很想念他，不知道他現在好不好？有沒有因為我的離開感到一點點的愧疚跟難過？

夜深人靜時，有沒有想過要拿起電話撥給我？

手機響起。不曾見過的號碼，會不會是元安？

驚慌地拿起手機，調整好呼吸，深怕此刻的脆弱透過話筒也能輕易地被聽見。

應該要讓他覺得我是難過抑或是灑脫呢？

「喂？」我小心翼翼地開了口，期待元安的聲音出現在耳邊。

「有沒有好一點啊？」女生的聲音，一時之間讓我反應不過來。

「請問妳是……？」

「我李佳薰啊，那天偷偷留了妳的電話，想說關心一下妳。」

「為什麼？」

「因為妳那天看起來很痛苦，這幾天又沒消息，我怕妳出事。」

我語塞。

「出來玩吧，帶妳去個好地方。」

「不用了吧。」我訥訥地說。

現在只想要把自己關起來，關到不會痛的那天，重新走出去。

「妳家住哪?我去接妳。」

佳薰的個性有這麼積極嗎?以前認識的她似乎不是這樣的人。

推託不了，只得告訴她，想不到沒多久之後佳薰踩著高跟鞋出現在門口。

「妳怎麼回事？」佳薰看到我之後，拿出化妝包，裡面一字排開全是不認識的用品。

「什……」還來不及說話呢，就讓佳薰嚴厲的眼神給震懾住。

她俐落地夾住我的瀏海，拿出不同的瓶罐跟小盒子、筆刷具，非常專業地排開在桌上。

一陣塗塗抹抹，十幾分鐘過去，佳薰把鏡子推到我面前。「女生，要多疼愛自己。」

盯著鏡中的人，幾乎不認得那是自己。

「女生，化妝不是為了別人，是為了自己。誰不喜歡看見漂亮的自己呢？覺得自己漂亮，一整天心情都會很好喔，而且妳真的會自然而然地跟著妳自己的想法而變得更美麗。」

佳薰看著我。「妳自己，只需要為了自己而改變。換個衣服走吧。」

被佳薰半強迫性地帶出來，才發現自己已經好久沒有離開房間。

沒多久之後，來到的地方竟然是夜店？

「走。」佳薰拉著我的手，熟門熟路地走進去。

一時之間彷彿進入迴異的世界，充滿節奏感的音樂、昏黃的燈光，不知道原來夜晚的台北還有這麼多人，都在這裡了吧。

佳薰穿過人群不斷往前走，第一次來到夜店覺得有點惶恐，而過多的人潮讓我有點看不清楚她的位置。

想加快腳步跟上佳薰，卻發現自己踩到別人的腳，這位男士回頭往我看過來。

「抱歉。」

「沒關係。」他綻開笑容，夜店的人好親切。

「不好意思。」我探頭尋找佳薰的身影。

「妳第一次來？」夜店男生的笑容有種迷幻藥的感覺。

「原來妳在這裡。」佳薰這時出現拉住我。「這邊，竟然還會跟丟。」

被佳薰帶到一個小包廂裡，她熱情地對裡面的男男女女打招呼。「哈囉！」

「遲到喔小薰！」「罰三杯。」的聲音此起彼落。

定睛一看，沙發上坐著三男兩女，有一對顯然是情侶，因為男生的手臂擱在女生腰上。

「這是我朋友，言夕，言語的言，夕陽的夕。」

介紹完之後我坐在一旁，大家都很自然地跟我說話，好像我並不是第一天來到這裡。

也因為很自然的關係，大家左一杯右一杯的喝，不知不覺已經喝到有點暈，喝醉了之後心情好像比較開心，所以也開始有笑容，覺得這地方好棒，來到這裡就會覺得心情變好。

「言夕？」佳薰拉著我。「妳還好嗎？」

「我很好！」我舉起杯子。「今天大家就開心的過一天，反正開心的過也是一天，難過也是一天。為什麼我要難過？為什麼我不學會開心呢？我怎麼這麼笨，為什麼要去在乎這些事情？我要開心！來！乾杯！」

其實我也不知道自己在胡言亂語些什麼，只是覺得這樣的心情好愉快，身體輕飄飄的，意識也輕飄飄的。

眼角瞥見剛剛被我撞到的那個男生，不知道為什麼就衝出包廂攔住他。「哈囉，我叫言夕，很抱歉剛剛撞倒你，不介意的話，一起來喝一杯？」

佳薰看著我拉著一個男人進去包廂也沒說什麼，只是介紹了朋友給他認識。

「我是Eric。」那個男生微笑著對大家打招呼。

我不知道為什麼自己要拉著他，大概是因為我撞到他的時候他回頭給了我一個微笑？

在夜店的氣氛跟酒精的催化下，那些縈繞不去的痛苦似乎都遠去了，我覺得自己拋開了那些烏煙瘴氣的心情，在這裡重生。

酒過三巡之後，Eric陪我走到洗手間門口，他在外面等。

進去之後我看著鏡子裡的自己，微捲的長髮、出自於佳薰手中的華麗妝容。

「我……還滿漂亮的。」我撫摸著鏡中的自己，想不到對自己竟然那樣陌生。從沒見過這樣的自己。

原來我一直都把真正的自己關住了嗎？原來我心裡想要的是自由嗎？

「妳應該要為自己，變得更美麗。」佳薰這麼說。

此刻我突然領悟到佳薰話裡的真義。

「女人的價值不是取決於男人，而是自己。像妳這樣總是為男人著想，總是在受傷之後覺得委屈，終究會被嫌棄，不為什麼，只是因為男人都很賤，他們喜歡新奇、多變性，像妳這樣的女人，只能說是生錯時代吧。」

心裡隱隱地痛著，為什麼我這麼努力，最後卻還是被背叛？

為什麼我想著要結婚，想著把自己賺的錢都存起來當作以後結婚的基金，當作對未來的保障，對方卻不珍惜我的心意？

「不管是七天或七年，妳要承認，當對方決定了劈腿，他就已經變成大爛人，妳要承認他真的忍心傷害妳，他真的忍心丟下過去或未來的一切，決定不要妳。這樣的男人，不值得妳用眼淚相待。」

我不斷地跟自己說，不斷地逼自己承認。

承認他寧可傷害我，也不願意傷害對方。

承認他已經不愛我了。

已經不愛我了。

想到這句話心裡還是很痛，我到底做錯了什麼你要這樣對待我？我們之間剩下的還有什麼，這七年來的回憶對你來說難道沒有任何價值嗎？

我付出的感情對你來說究竟是什麼？

我想要拋開這一切，我希望可以不要再痛，我希望自己能盡快從這些不堪的回憶中走出來。

但為什麼心裡還存著期望？我還期望你能夠回頭找我，即便是一句「對不起，我好想妳」都可以讓我好過點。

「為什麼選她？」那天我這麼問元安。

「因為妳很堅強，一個人也可以活下去。而她……」元安停頓了一下。

「她呢？」

「她真的不能沒有我，她很需要我。」

我頹然地放下手機，無法思考。

堅強有錯嗎？

七年感情走到最後，是因為對方認為我一個人也能活得很好所以被放棄。

甩甩頭，算了我不要再想這些狗屁倒灶的事情，要試著開心，試著讓灰色的天空慢慢地變晴朗。

走出廁所門的時候，Eric 在不遠處倚著牆。

「抱歉，我不知道你還在外面等。」剛剛在裡面因為哭泣的關係，我多等了一會兒才走出來。

「沒關係，妳喝得有些多，這種地方，還是小心點好。」他輕描淡寫地說著，然後陪著我一路走回包廂。

Eric 說的這句話，讓我想了很久。

既然我在元安的眼裡堅強到不需要人照顧，可以處理一切事情，為什麼今天來夜店，一個不相識的男人卻因為我喝了酒，擔心我的安全而站在門外呢？

一個男人可以有很多藉口。

把錯誤歸咎到別人身上，是最不堪的。

這句話讓我突然之間豁然開朗，原來事實這麼簡單卻又殘酷，只是因為喜歡新女友，所以想了一個冠冕堂皇的理由來對待舊的人。

用去這麼多日日夜夜也想不通的道理，今天被第一次見面的男人用一句話，輕描淡寫地曉以大義。

我不是太堅強，只是他不愛我了。

我不是不夠好，只是他不愛我了。

所有的藉口都不是真的，只有他不愛我是真的。

這麼多天的痛苦，只是因為我不想承認他已經徹底地不愛我了，或許還有點關心，但是已經沒有愛了。

沒有愛。

我們的過去，已經在年輕女孩的懷抱裡氣絕身亡。

再多的眼淚，都喚不回那些甜蜜。

「言夕？」Eric 理所當然地坐在我身旁，此刻他輕輕俯身對我說話。「妳還好嗎？一直在發呆？身體不舒服？妳剛剛是在吐嗎？」

「不是。」

雖然只是一兩句話，雖然只是非常簡單的關心，卻逼出了我的眼淚。

只是陌生人啊，為什麼陌生人可以這樣關心我，元安卻做不到？回想起最近一兩年的日子，我們之間的互動的的確確在減少，只是我單方面地認為他工作太忙，原來這一切早有徵兆。

原來我是被放棄的那一個。

原來求婚，說愛我這些都是假的。

我在自己編織的夢裡自以為無憂無慮地活著，不知道外面的世界已經天翻地覆。

「我送妳回家吧。」Eric 拉著我，站起身來對大家說：「不好意思我先送言夕回家，大家繼續玩吧。」

被拉著走出包廂外，佳薰追了上來。「我陪妳回去？」

不知道哪裡來的衝動，對佳薰說：「不用了，謝謝妳。」

佳薰狐疑地看著我：「妳還好嗎？」

此刻我不知道該怎麼對佳薰說，但是今天這場合的確讓我領悟了自己應該怎麼對待自己。「真的，謝謝妳。」

「妳喝多了吧！」佳薰笑著，轉頭對等待在旁的 Eric 略帶深意地說：「請好好照顧她喔。」

而 Eric 淡淡一笑，牽著我走出夜店。

走出來，迎面一陣風打在臉上，突然有些清醒。

感覺到深夜，微涼的風、稀疏的車流，這真的是我所認識的台北嗎？

坐上 Eric 的車，車內播放著非常好聽的鋼琴曲。

和他有一句沒一句地聊著，轉眼間就到我家樓下。

停好車之後，他目送著我走進大樓，關上門之後，才緩緩地開著車離開。

回到家之後，自己一個人坐在電視前，看著剛剛 Eric 遞給我的名片，突然有種恐慌蔓延開來，其實元安也曾經對我這麼好這麼體貼，我怎麼可以忘記這一切，差點就要沉溺在別人的溫柔裡了。

顫抖著雙手拿出手機，卻還是撥了元安的電話。

響了很久很久，就在要放棄的時候，我聽見他很久不見的聲音，沙啞地說：

「喂？」

「元安……」才講了開頭兩個字，就泣不成聲。

「唉……怎麼了？」自從那天之後，這還是我跟他第一次講電話。

「你好不好？」想了很多很多罵他的話，此刻說出口的竟然是這樣的句子。

「這些日子你好不好？」

常常一個人想著過去就看著天色從漆黑慢慢變成藍黑，漸漸地見到天空泛白，太陽升起，這樣的夜晚我經歷了一次又一次。

我不知道他會回答好或者不好，如果說好，我會難過，如果說不好，我也會覺得難過。

女生在這方面終究是輸，我狠不下心來，無法決絕地對他說**等著吧！我會過得比你更好**。

「妳呢？」元安緩緩地，吐出了這句話。

沒料到他會這麼問，我在這頭眼淚掉得更兇了。「為什麼？」

「其實我也很難過。」

「難過什麼？」

「……」沉默幾秒之後，元安的聲音變得冷淡。「沒事不要再打給我。」

隱約聽見女生的聲音呢喃著：「誰……？」

電話迅速地被切斷了，留下我，握著電話的手還顫抖著。

我在做什麼？

抱著頭不斷哭泣，這樣的日子還要過多久？有沒有辦法可以讓時間快轉？快轉到想起這件事情不會心痛的時候，再讓我重新開始。

這中間的過程我不想要經歷。

面對這一切好痛，這些無盡的思念跟折磨反覆播放著，一次又一次，癒合的傷口反覆被撕裂，汩汩地流著止不住的血。

望向鏡中的自己，化了妝之後截然不同的自己，是不是應該代表著要改變？

如果生活中沒有嘗試著去改變些什麼，就永遠沒有蛻變的機會，雖然已經二十九歲，但回想過去的日子，似乎都沒有認真地想過未來的事情。

從大學開始，身邊就一直有元安陪伴著。

漸漸地，似乎失去了一個人生活的能力，不能享受一個人的快樂，心裡總是懸著另外一個人，他現在還好嗎？還在加班嗎？吃飽了沒？沒吃飯不知道會不會又胃痛？有好好的睡覺嗎？不會又在熬夜了吧？

日日夜夜被這樣的念頭羈絆著，心頭總是沒有了自己。

我沒有想過自己。

是不是應該試著往新的生活踏出一步？不要再回頭。

愛，或者不愛，都要試著放下。

不管多痛，都要讓自己放下。

我試著不去想元安懷裡的人是誰，不要去回憶過去七年的點點滴滴，就把這一切當成夢，夢醒了之後還是要繼續過自己的生活。

世界上有沒有可以讓人失憶的藥？讓我忘記這一切，明天醒過來之後可以展露笑容面對人生？

手機響，接起，溫柔的男性嗓音。「睡了嗎？」

「你是？」

「Eric。」聽他的聲音彷彿可以看見他勾起的嘴角。

「還沒睡。」

「我到家了，怕妳擔心我，所以通知妳。」他穩定而低沉的嗓音聽起來有催眠的效果。

「為什麼我要擔心你？」

「好吧，其實是我擔心妳。」他停頓了一下，然後說：「早點休息，晚安。」

我楞楞地看著手機，把號碼存進電話簿裡。

打開抽屜，翻出很久之前買的卸妝用品，開始慢慢對著鏡子卸掉臉上的妝容。

「妳要相信自己，這樣妳的美麗才會由裡面散發出來。」想起今天佳薰幫我化妝時說的話。

不能否認我很喜歡化妝後的自己，那的確提升了自己的虛榮心，才發現原來自己可以改變，可以讓人眼睛一亮。

在選擇改變與不改變的天平上，我搖擺了整晚。
直到東方天空微微發白，才緩緩地睡去。

04

在眼花撩亂的廣告中，開始尋找新工作的旅程。

不管黑夜有多長，終究是會天亮的。

不能老是這樣渾渾噩噩地過日子，錢有一天總是會用完的，人繼續這麼下去也會發霉。

在人力銀行查了幾間公司，發現跟行銷相關的工作好像都跟自己工作的內容不相同，雖然不是沒寫過企畫案，但之前寫的案子都是公司內部活動企畫，跟人家的要求好像也不太符合。

仔細地填寫自己的履歷表跟工作經驗，就著人力銀行推薦的公司研究了一下午，突然驚覺到自己好像沒工作可以做。

之前公司待遇的確很好，現在景氣不如以往，難怪我這種容易上手的職位會被換成薪水少一點的年輕女性來做。

已經不再年輕了啊，看看鏡子裡的自己，再怎麼保養，眼角細紋還是悄悄地出現，唇邊的法令紋也悄悄地變深。
時間很現實，女人年紀一到，該有的東西就會出現在臉龐上，躲也躲不掉。
但其實我也是可以很漂亮的不是嗎？
不論如何，人總是要為自己任性一次。
有股衝動，於是撥了佳薰的電話，向她說明我的想法之後，她非常乾脆地請假就跟我約在東區百貨公司門口。
「唷，下定決心了嗎？」佳薰今天依然是亮眼的打扮，經過她身邊的男性都會忍不住多看一眼。
我希望自己，能對得起自己。
所以堅決地點頭。
或許不知道改變之後會有怎麼樣的未來，但是如果不去改變，就不會知道自己會不會蛻變。
第一次走進高級沙龍，佳薰跟大家都熟稔地打招呼，說今天帶了朋友過來，希望改變新造型。

沒多久，一位非常有型的男設計師走過來對著我微笑：「妳好，我是吳齊森，請叫我齊森就好。」

「請給她一個可以忘掉過去，開心地面對未來的新造型。」佳薰對設計師這麼說。

「那有什麼問題呢？」

因為髮長超過肩膀一些，設計師建議我先做頭皮跟頭髮全套的護理療程，等頭皮獲得足夠的休息之後，再過去店裡燙髮。

從洗髮前就是從未享受過的待遇，設計師先挑選了幾款精油讓我選擇喜歡的味道，接著便進行精油放鬆按摩。洗髮時，設計師非常溫柔地告訴我每一個動作的意義，在頭髮上抹上任何東西之前都會先介紹他要用的產品，並且讓我感受那些香味，洗頭的動作非常輕柔，像是在愛撫情人般。

洗完頭之後設計師還幫我護髮，並幫我熱敷眼睛及後頸，非常非常享受。

等到從那張椅子上走回座位時，我覺得自己彷彿煥然一新，佳薰坐在我旁邊，得意地問：「怎麼樣？」

隨後設計師幫我稍微修整一下髮型，他說我現在的髮型其實只要稍微改動一點點，就會變得很好整理，也會很好看。

五分鐘後，我驚訝地看著鏡子裡的自己。

「喜歡嗎？」設計師依然非常溫柔地笑著，溫柔到讓我覺得當他的……伴侶一定每天都過得很夢幻。

告別了溫柔的設計師，和佳薰走到外面時，感覺自己已經慢慢地踏出那些灰暗的記憶，要往陽光裡邁去。

接著和佳薰去了附近的SOGO，佳薰說即便有些彩妝品可以用開架式的產品，但女人不能缺少的保養、底妝和香水，都一定要用專櫃貨。

「便宜的香水，就是便宜的味道。」佳薰這麼說。

於是我們穿梭在一樓，來來回回地試妝、試香水，最後兩個人都雙手滿滿地走出SOGO，我覺得這樣的行為好痛快。

以前的自己只想著要怎麼省錢，要怎麼存到結婚基金，每個月辛苦賺來的薪水，省吃儉用，什麼都捨不得買，吃也都很簡單的買便當回家吃，偶爾不想吃外面，也會在家簡單弄個炒麵什麼。

所以這幾年來為了跟元安結婚，也存了不少錢。

現在慶幸的是還好當初沒跟元安把錢存在共同戶頭，本來想過，但母親反對，認為還沒確定結婚之前，錢都不可以共同管理。

在 SOGO 買了香水、保養品，還有小洋裝，佳薰說這把年紀不要再穿牛仔褲跟 T-shirt，會離開不了學生的生活。

「現在帶妳去發現化妝的美好！」佳薰拉著我往屈臣氏前進。

她帶著我在店裡走來走去，拿試用品在手臂上試顏色。

徘徊在展示架前，嘗試過無數的顏色，最後選了幾支睫毛膏、大地色眼影兩組，還有紫色、粉紅色系的眼影，都非常漂亮。

「這系列的偏光非常特別，妳看。」佳薰把顏色試在手上給我看。

最後，我們在捷運站分開的時候，兩個人手上都提了滿滿的戰利品。

「謝謝妳。」我很感謝這個久別重逢，從泥淖中將我拉出來的同學。「真的，謝謝妳。」

「要報答我啊。」佳薰揮揮手，坐上往新店方向的車子。

望著她離開，搭上回家的捷運。

在車廂上不斷反覆檢視今天自己買的東西，本該愉快的心情卻漸漸低落了起來。

如果今天還跟元安在一起，他會跟我分享這一切嗎？

不可以，我告訴自己不要再去多想他的事情，現在他已經是過去的人，不要再為了忍心傷害妳、欺騙愛情的人，影響自己的生活。

今天設計師對我說：「女人跟男人都一樣，要經過傷痛的淬鍊，才能顯出自己的光芒。」

去承認這個人已經不是妳以前愛的那個人，去承認他已經不愛妳的事實。

回到家，把東西放下之後，我站在鏡子前看著自己。

把今天買的所有用品都拆開，一一排放在眼前。

根據今天佳薰的初步指導，像是進行某種重要的儀式般，洗完臉把前額的頭髮都夾好，先保養皮膚，塗好隔離霜。

接著打粉底，佳薰幫我選了保濕粉底液，我輕輕地、細細地在臉上仔細地塗抹著，每個步驟，都彷彿洗滌身心一般的莊重。

這是和過去自己告別的夜晚，過完今天，下定決心要和過去的自己說再見，不要再為了元安悲傷，既然他做了選擇，那麼我只能做好自己。

眼影、睫毛膏、淡淡的腮紅、唇蜜，在全部畫好之後，我拿出新買的相機，拍了很多自己的照片。

要學習去改變，才知道改變前的生活是否正確。

一直以來，都為別人想，想著對方缺少什麼，他喜歡什麼，照著別人的喜好去生活，這才發現這樣做並不會讓人家珍惜。

我要對自己好。

化完妝之後，突然覺得自己這麼辛苦，應該要去給別人看一下，於是我換衣服，在深夜自己一個人前往 Luxy。

一個人來這裡，本來感覺有些不太自在，但進去之後，滿滿的人群讓我覺得突然有安全感，這麼多寂寞的人，在一個非常喧鬧的環境，卻依然讓人感覺到寂寞。

這麼多傷心的靈魂，卻無法找到彼此的快樂。

音樂越快樂，人們在舞池裡搖得越開心，我卻覺得氣氛越來越空虛，這麼多的快樂，都是假的吧？

我們藉由這樣的方式來發洩寂寞，沒想到卻更寂寞。

靜靜地喝完兩杯顏色絢麗的調酒之後，走進人擠人的舞池。

以前大學的時候加入過熱舞社，但跳了一學期之後，元安在成果發表會過後，希望我不要再去，原因是因為他認為衣服太暴露，動作太挑逗，會勾引別人。

當時的我也沒有太多掙扎，就接受了他的意見，現在想起來覺得好諷刺，跟他在一起的這麼多年，我都在考慮他的事情，幾乎忘記了自己的喜好。

我喜歡跳舞，喜歡音樂，這麼多年來卻都只是放棄了自己。

我默默地做著以為對我們兩個人來說都好的事情，卻沒想到這樣的事情對對方來說並不是他需要的，或許，他需要的是很多很多的愛。

而我只是默默地想著未來。

或許我有錯？或許我推著愛情前往結束的路途？

在舞池中，我輕輕地搖晃著生疏的肢體，試圖想要尋回當初的熱情。我曾經這麼熱愛的舞蹈，儘管不是跳得很好，但在每個舉手投足之間，會感受到身體的流動，緊湊的呼吸，會讓我感受到自己確切地活著。

以前的自己，好像是愛玩、愛出去瘋的個性，遇見了元安，他喜歡平淡、不喜歡五光十色的生活，漸漸地，為了配合他的期望，我也開始約束自己。

很抱歉，我要退出熱舞社。男友不喜歡。

很抱歉，晚上不能跟妳們去唱歌。男友不喜歡。

不好意思，今天不能跟妳們去逛街，元安他說今天想跟我一起在家看電影。

一次又一次，我拒絕喜歡的生活，適應了元安的生活。

而今，卻發現這一切都是多餘的。

我的體貼、我的包容、我的退讓……全都變成了多餘的東西，包括我，也成為不需要的物品。

這麼多年來，我為了他所做的改變，到最後成為他不要我的理由。

「妳的生活太單調，有時候我也想要熱鬧點。」想起元安這麼說。

其實我不是喜歡這麼單調生活的人，只是他不知道。

在舞池裡，想要用力地跳舞，用力地忘記那些過去。

為什麼即便心裡已經做好準備，要去接受元安不要我的事實，卻還是不能忘記那些甜蜜，卻還是不能釋懷？

我還是希望他可以有天想開，回來我身邊。

雖然無法想像到時候會混亂成什麼樣子，但是終究希望自己這麼深愛的人可以也愛著我，而不是在這麼醜陋的狀態下分手了。

事實很不堪。但是去承認自己是被遺棄的那一個，更是不堪。

想著想著，眼淚不知不覺又盈滿了眼，這樣的眼淚要流到何時？這樣的痛要持續到何時？

震耳欲聾的音樂，恰好可以掩飾我無力的啜泣聲，暈黃的燈光可以遮掩臉上的淚痕，在這樣的地方我不孤單，因為這裡充滿孤單的靈魂。

抬起頭望著四周，閉上了眼，回想那時候練舞的情景，那時候的自己，單純得多麼愉快。

沒有結婚的壓力，沒有工作的壓力，每天只是讀書，考試，最大的煩惱也不過就是今天晚上吃什麼，年輕歲月會過去，生活開始充滿工作和男友的工作。

不要再想元安，也不要再想Miss LV。

就著節奏，把這些不開心的事情都一個一個拋開吧！

也許是酒精，也許是氣氛，哭完之後不知不覺地笑起來，到底是為什麼讓自己走到了這樣的地步，以往的自己對夜店的印象總是很不好，認為這樣的地方跟歡場沒有太大的差異，但這兩次來夜店的經驗卻讓我感受到痛快。

痛快地喝酒、痛快地讓自己累到極致，然後放空自己。

「言夕？」突然有人在耳邊叫我的名字。

抬起頭微笑著看著他。「你是？」

「Eric……」他也微笑以對。

「Eric！今天怎麼會來？」

「妳一個人？」他文不對題的回答。

「是。」我點頭。

接著他帶我到包廂裡坐下，裡面已經有很多男男女女，大家看見我也都熱絡地打招呼，接著各聊各的。

音樂的聲音有點刺耳，我摀住了耳朵。

「不舒服？」Eric 有禮地問。

「我想跳舞。」說完之後我走出包廂，Eric 則是緊跟在我身後。

他沒有說什麼。我則是在舞池裡又哭又笑地繼續扭動著身體。

我總覺得那樣的自己，或許才是真正的自己。

這麼多年以來，都沒有真正感受到自己真正的快樂。

總是因為元安的快樂，而覺得快樂。

差點就要忘記了自己，差點就要失去自己。

今天，我終於想起了自己，只有自己，才是會陪自己最久的那個人。

也只有自己，是必須要用心去對待的那個人。

「妳還好嗎？」一直在旁邊的 Eric 柔聲問著。

「我聽不見。」我大吼著，假裝在樂聲中聽不見他問話。

這時候不要給我溫柔，人在脆弱的時候很容易沉溺於假的寂寞中。

「我說，妳還好嗎？」他提高音量。

「不要關心我。」

「為什麼？」

「我不需要這些。」慘然地笑。

「那妳需要什麼？」Eric問，臉上的笑容非常誠懇。

「我需要工作。」不知道為什麼這句話脫口而出，即便是酒精充滿在血液中，卻還是想著現實生活。「我需要錢。」

「那來我公司上班吧。」他這麼說。

在那個耳鬢廝磨的舞池中，竟然談論著工作，更不可思議地是Eric竟然叫我到他的公司上班。

我看著他，不明白為什麼他要這麼做。「你又不知道我是誰。」

他又笑了。「妳也不知道我是誰。」

「所以呢？」

「就讓我們賭一下彼此，反正大家都沒有什麼可以損失。」

「是嗎？」我狐疑地看著他。

若說男人對女人好是沒有企圖的，那絕對是謊言。

但我願意冒一次險，誠如 Eric 所說，我們彼此都沒有什麼好損失。

「妳，願意來嗎？」他的眼神非常堅定。

「薪水滿意的話就可以。」我微笑著握住了他伸出的手。

那一刻，感受到他身體裡的溫度，從手心傳出來。

「為什麼是我？」我問他。

「應該是緣分吧。」

「你都這樣對女生說的嗎？」

「妳說呢？」他微笑著回答。「下星期一早上八點半，來公司報到吧。上次給妳的名片呢？」

「不見了。」我不帶一絲歉意地笑著。

「再給妳一張。」
「為什麼在夜店遞名片？」
「因為妳特別。」
「你對多少女生說過這句話？」
「這很重要嗎？」
「不重要。」
是啊，已經沒有什麼東西是重要的了，我的生活裡，沒有了過去七年，就像是空白，現在活著的自己，是行屍走肉。
忘不掉舊的人，抹滅不掉舊的傷口。
在舞池裡，我靠在Eric的肩上，他則是非常謹慎且有禮地保持和我之間的距離。
試圖想要忘記那些痛苦，卻發現自己只是在找尋影子，找尋相似的氣味。
這是第二次見到Eric，我連他的中文名字都記不得，卻覺得他好溫暖，應該是喝多了，或者是我被無邊無際的痛苦打敗，病急亂投醫。

有人說，治療失戀的最好方法就是趕緊談個新的戀愛，不過這樣對對方來說公平嗎？

有人也說，談了多久的戀愛，就要用多久的時間去療傷，根據這樣的邏輯法則，我是否要到七年之後才能談新的戀愛？那時候我都幾歲了？我不要浪費青春在這種算日子的痛苦裡。

但因為一時衝動就利用 Eric 好嗎？這樣的地點跟時間，對我來說真的好嗎？

如果這時候元安在這裡，他會怎麼說呢？

想到元安，過去情景又彷彿電影一般倒帶回來，忍不住鼻酸，我真的很愛他，為什麼沒有人支持我愛他？

「我要走了。」推開 Eric，往置物櫃的方向走去。

「我送妳。」他跟在我身後。

「何必呢？其實你可以有更好的選擇。」

Eric 兩眼緊盯著我，但我轉開頭，不願意讓人看見自己心酸的眼淚。

「我的確可以有更好的選擇，但是我不知道為什麼像中邪一樣只看見妳。」

Eric 說出我不太明瞭的話。

「別開玩笑。」我拿著皮包轉頭就走。

「我不是開玩笑。」Eric 拉住我的手臂，緊得有些發疼。

「我已經過了玩遊戲的年紀，也不是適合玩遊戲的對象。」我冷冷地看著他。

「誰說這是遊戲？」他看起來有點怒意，拉著我的手往外走。

「不然呢？」有點生氣地甩開他。

「不要充滿敵意，我真的不是妳的敵人。」

不是敵人又怎麼樣呢？我想要的是巫師或醫生，一個可以讓我忘記過去的巫師，或者可以切除腦部組織讓人失去記憶的醫師，我需要不會痛的方法，需要遠離過去的方法。

「對不起。」大概是因為剛被交往七年的男朋友拋棄吧，但這句話我說不出口，只能看著他。

「給我一個機會認識妳。」

我看著他，笑了。「你其實不必在意我，我們都是彼此人生裡的過客，何必在意過客呢？終究是得離開的人。」

「這樣說或許不夠誠意，但是，我真的不想讓妳離開。」Eric的眼神非常真實。

「你……」有點失神，但還是盡量讓自己保持冷靜。「你聽好，我叫林言夕，今年二十九歲，沒有工作，剛剛跟交往七年的男朋友分手，搞不好現在的我，只是想找安慰，想找人填補空虛，這樣你也不怕嗎？」

「那妳也聽好，我叫江得睿，三十二歲，因為父母的關係，現在自己有一間小公司，也就是人家說的小老闆。因為下班之後無聊，每個星期都會往夜店跑，認真交往過的女朋友大概有十個，坦白說每個都比妳漂亮，這樣妳怕嗎？」Eric好整以暇地回答。

「既然這樣，為什麼要找上我？」

「說真的我不知道。」

我沒有回答，因為這時候說什麼都不太對。

Eric靠在牆上接著說：「但我看見妳在哭。妳一個人在舞池裡，邊跳舞邊哭泣，那時候我突然覺得很難過。妳抬起頭而眼淚往下掉落的樣子悲傷到讓人忍不住想靠近妳。」

聽到這些話，眼淚又開始蠢蠢欲動。

「讓我當妳的朋友，好嗎？」Eric 伸出手。

我看著他的眼睛。

人生，會有幾次可以冒險的機會？如果沒有抓住，會不會永遠就失去冒險的資格？

到現在為止，我對自己的人生充滿疑惑，如果當初我堅持自己的興趣，不和元安妥協，那麼今天還會是這樣的結局嗎？

今天，我要冒一次險。

「朋友。」緩緩地伸出右手，握住了 Eric 厚實而溫熱的手掌。

我想要一直記住，今天自己下的決心。

要減少因為想起元安而哭泣的時間，要減少心痛的頻率。

給自己一個期限，在期限之前，忘記過去，要蛻變成新的自己。

不再為喜歡的人改變自己，要誠實地為自己活著。

我想要被別人愛上，或者愛上別的人。
那些過去，我都不想再留著了。

05

隔週，久違的晴朗天空，像被撕碎的衛生紙一般的雲到處飄。

循著地址，來到豪華的大廈前，走進大門之後，在服務台換了識別證才可以上樓去。

電梯上到十六樓，跟進門之後看見的小姐說明我跟 Eric 有約。

「Eric，哪一個 Eric ？」那位小姐用不耐煩的口氣問。

「江得睿，Eric Chiang。」我唸著名片上印的名字。

小姐先是一愣，接著狐疑地撥了電話，接著領我進去，公司規模不大，裡頭大概十多個員工，每個都很忙碌的感覺。

走到盡頭轉彎處，有個辦公室，大門敞開著，聽見 Eric 的聲音正在交代著公事，沒有溫度似地冷。

沒多久他掛掉電話，往我這走過來。「妳來啦？」

走進去之後他將門帶上，示意我坐在沙發上。

他自己也坐下來。「怎麼樣？環境還喜歡嗎？」

穿著西裝的Eric，感覺又和在夜店時不同，提醒著我們之間的距離有多麼遙遠。

「今天要談談工作的事情。」Eric拿著資料夾走過來。「其實那天說要給妳工作，是因為剛好公司也開了一個缺，不過還是要看看妳適不適合，如果不適合的話，妳上班很辛苦，我也會有點為難，這是在商言商，並不是針對妳，這樣妳瞭解嗎？」

「嗯。」我點點頭。

這之後緊接著的，是長達兩小時的面試，不得不說Eric對工作實在是非常的認真，無怪乎年紀輕輕就能自行創業，公司也小有規模。

新的工作是公司裡企畫部門的助理，工作內容包羅萬象，雖說是企畫助理，但產品包裝、設計、行銷各個方面都必須要略微涉獵，聽起來非常具有挑戰性，薪水也很不錯，所以談完當下就答應了他。

「什麼時候可以來上班？」談完之後我們兩個往後靠在沙發上，有鬆了一口氣的感覺。「明天可以嗎？」

「給我三天時間好嗎？」

「沒問題。」他伸出手。「那麼，合作愉快。」

「謝謝。」Eric緊握我手，有些發疼。

門上響起敲門聲，秘書報告開會時間已到。

跟Eric道別之後，在東區路上閒晃，突然想起那家很棒的沙龍，所以憑著印象亂走，想不到竟然找到了，所以趕緊衝進去。

推開門，舒服的精油香味撲鼻而來。

「歡迎光臨。」依然是非常舒服的招呼聲。

或許是因為氣氛，也或許是因為味道，來到這環境總讓人感覺放鬆。

到位置上坐定後，接待我的人遞上一杯花草茶，笑容滿面地解說著：「今天的茶是美麗佳人，裡面含有芙蓉、薔薇實、覆盆子和黑莓葉，請試試看喔。」

輕輕地拿起瓷杯，啜飲了一小口，果香味慢慢在舌尖上蔓延開。「好喝。」

「今天想要找哪位設計師呢？」

「吳齊森，謝謝。」

不多時，熟悉又溫柔的嗓音出現在耳邊。「言夕嗎？」

一陣寒暄之後，吳齊森領我到洗髮專用的椅子上躺下，

「幫妳卸妝好嗎？等下洗完我再幫妳化。」

「可以嗎？」

「當然。」說完之後吳齊森熟練地幫我卸妝，進行臉部、頸項跟肩部按摩，接著用溫熱的毛巾敷在我的雙眼上。

「今天替妳選的這香味，可以消除疲勞……」其實他在說什麼我都沒有認真聽，只是享受著他輕柔的嗓音傳進耳裡的那種感覺。

「妳沒在聽對不對？」吳齊森輕笑著。

「啊！」我頓時清醒過來。「對不起。」

「沒關係，很多人其實都會這樣，妳不是第一個，不必擔心。」他聲音真的很好聽。

「有沒有人說過你聲音很好聽？」我懶懶地問著，真想躺在這椅子上都不要起來。

「有嗎？」齊森笑笑地回我，手指仍然按摩著我的頭皮。

「唉。」這真是舒服得令人想嘆息。

「有沒有人說過，妳長得很可愛？」吳齊森的聲音在耳畔響起。

「咦？」我嚇一跳。

「妳躺在這裡，有時候我都忍不住想咬妳一口。」可以感覺到吳齊森的唇就在耳邊，他輕輕地咬了我的耳朵。

我伸手摀住耳朵。

怎麼回事？看吳齊森白白淨淨斯文的樣子，加上他說話溫柔細膩的表情，我從上次來就一直認為他是個同志，怎麼現在？

「妳，要不要陪我一晚？」吳齊森輕笑，拉開我的手，繼續在耳邊呼著氣問我，另一隻手，繼續按摩著我的頸側。

突然間我渾身的雞皮疙瘩都站起來，好恐怖的感覺。

「為什麼？」我還是忍不住問了。

這種狀況以前都沒有出現過，為什麼會突然出現這麼多意料外的事情。

「因為妳有一種很可口的香味。」吳齊森邊說話，鼻尖劃過我的頸側。

有股戰慄的感覺爬滿全身，我一把拉開毛巾坐起身來大口地喘著氣。

眼神正好對上吳齊森，他的眼睛正充滿笑意，還用一副無辜的眼神看著我。

「怎麼了嗎？」

這眼神，怎麼跟剛剛的話搭不上關係？「你……？」

「妳不躺下我沒有辦法幫妳洗頭喔。」吳齊森的雙手把我壓回椅子上。

他重新把毛巾洗過弄得溫熱，再敷回眼睛上。

有股香味緩緩地傳過來，接著吳齊森的手按上頭髮，輕柔而緩慢地清洗著頭髮。

他的指腹時而用力時而輕柔地按壓著，有幾次我總是感受到他的呼吸就在耳邊。

「我等一下就下班了？陪我去吃飯？嗯？」洗完頭之後吳齊森幫我整理頭髮，

整理完後拿著鏡子讓我看髮型時這麼問我。

我看著鏡子裡的他。

「好嗎?言夕?」他的聲音跟這家店一樣有種讓人放鬆的力量。

「嗯。」在不知不覺中點了頭。

「那妳等下在 SOGO 逛一逛，我整理好打手機給妳。」

說完後，他熟練地幫我上隔離霜、粉底，接著是淡淡的眼影、輕輕掃過的腮紅。

睜開眼發現齊森化的妝比佳薰教給我的要淡許多，但卻可以讓我看起來更亮眼。「平常出門化這樣的妝就可以了，太濃的妝，反而顯現不出妳那種獨特的氣質，妳有很特別的味道，不要去掩蓋它。」

迷迷糊糊地點頭，迷迷糊糊地結帳、走到 SOGO 逛街，等到清醒過來發現事情不太對勁的時候，吳齊森已經和我一起在 SOGO 地下街買麵包了。

「喜歡吃麵包嗎?」吳齊森又在我耳邊問。

有點不知所措，他怎麼老是喜歡離人這麼近?而且，沒算錯這應該是我們第二次見面，最近桃花星動嗎？

「喜歡嗎？」

「喜歡。」

「那我們去買。」吳齊森非常直接又自然地拉起我的手往店內走去，烘烤麵包的香味充滿整個空間。

味道，是非常奇妙的記憶。

每個人的心中，對各自喜歡的味道，都會長久記憶著，下雨過後的味道、剛出爐麵包的味道、喜歡的花香味、戀人喜歡用的香皂味道……。

吳齊森的身上，有淡淡的精油味，混合了花朵、草葉、原木的香味，不同於任何古龍水，有種特別、容易讓人接受的味道。

選完麵包，吳齊森理所當然地牽著我，沿著忠孝東路往明曜百貨走去，時間逼近下午五點，正是下班人潮要開始湧現的時刻，吳齊森的腳步卻非常悠閒，邊走邊跟我說話。

只是我仍然不懂自己，為什麼不拒絕他呢？

明明互不相識的兩個人，怎麼可以就這麼牽手散步？

「那個……」正想開口跟吳齊森說，他正好回頭看著我。

「沒有人可以生來就互相認識的，但是如果妳拒絕我，我們就失去認識的機會。」

我剛剛把心裡想的話說出來了嗎？

「哪有人想什麼就說什麼的。」吳齊森笑著。

我真的說出來了？

「對，妳說出來了。」

到底怎麼回事啊？

「走吧，不要東想西想。總之，我不是壞人。放心跟著我吧小紅帽。」

沒多久之後，來到一家小小的義大利餐館前面，門口擺放著給客人等待時休息的沙發，旁邊設置菜單可以讓人先瀏覽店裡的食物，進去之後可以立刻點餐，很貼心的服務，等待的時候也會有服務生遞水杯給客人。

光是這些貼心的服務就非常加分了。

雖然我們沒有訂位，但因為現在時間可能還早，所以沒有等多久就輪到我們進去，坐下點了喜歡的青醬松子義大利麵，吳齊森則是點了十吋的披薩，還點了提拉米蘇。

「這家的提拉米蘇超～好吃。保證讓妳吃過之後讚不絕口，以後每個星期都吵著要我帶妳來。」吳齊森用菜單擋著我們，小小聲地對我說著。

他真的很愛貼近人說話。

但我竟然開始習慣了，或許因為他那種天生的嗓音讓人感受到溫暖，進而信任，也或許因為他給我的感覺就是很自然，沒有惡意。

這些年來，雖然跟元安在一起，但也不是沒有碰過有男生示好的狀況，但不愉快的分手之後這麼快就遇見兩個男人，突然讓我覺得很害怕。

這是考驗嗎？

沒時間多想，熱騰騰的玉米濃湯送到面前來，上面還撒著可愛的麵包丁，只見吳齊森拿出他的 i-Phone 開始拍照。

「我們也來拍一張。」吳齊森拍完湯，轉過頭來熟練地用右手摟著我肩膀，左手自拍，動作非常乾淨俐落。

「這才是妳。」吳齊森把照片遞到我面前。

相片中我的臉傻楞楞地。「原來我這麼傻嗎？」

「不是傻啊，妳看清楚。這就是我說的乾淨。」

「謝謝。」可是我怎麼看都是傻。

吃下了半盤青醬義大利麵後，我終於忍不住開口：「我們今天才見面第二次……」

「很多了啊，本來第一次見面我就想約妳。」

「我二十九歲了喔。」

「我知道啊，顧客資料表上面有寫。」吳齊森慢慢地用叉子將麵條捲成一口大小，然後放在湯匙裡送入口中。

我窮極無聊地學吳齊森開始捲麵。「我剛失戀，原本計畫要結婚的男友劈腿，跟年輕美麗的女生秘密交往，然後要跟我分手，他說因為我很堅強，不需要他也可以活得很好，所以他選對方而不要我。」

「很好。」

「什麼很好?哪裡很好?」

「他說得很對，妳的確是沒有他也可以活得很好，沒有一個人必須得跟另一個人談戀愛才能活下去。」

想想也對，原本聽起來很刺耳的話，經過吳齊森的解釋，我突然覺得這句話並不是那麼傷人了，原來我真的可以自己一個人活得很好，甚至更好。

吳齊森是很會聊天的人，加上他的聲音異常溫柔，所以聽他說話的時候會有種想要睡覺的感覺，覺得很放鬆。

「我喜歡聽你說話。」服務生收走空盤之後，對著面前送上的熱水果茶，我突然對吳齊森這麼說。

「我知道。」他微笑著。

這種老神在在的表情說著「我知道」是什麼意思?

「人生嘛，不要老是跟同一個人在一起，有時候換個人會比較好，就像牛肉麵吃久了會膩，換吃義大利麵也不錯。」

說著說著，甜點出現了，約莫六公分見方大小的蛋糕，放在純白色瓷盤上，點綴著巧克力粉和小薄荷葉。

「試試看？」吳齊森切好一小口，用湯匙遞到我面前。

伸手想要接，吳齊森卻不讓，硬是要我張開嘴。

不得已只好張嘴吞下，一入口，整個味道擴散開來，起士的滑順，加上淡淡的酒香跟巧克力，實在是讓人無從挑剔。

無怪乎心情不好的人會想要吃甜食，甜食真是療癒系第一把交椅。

吃完之後忍不住露出微笑。

「妳看，笑起來多可愛。」吳齊森捏了我的下巴。

「說真的，你這樣是性騷擾。」

「是嗎？妳真的這麼認為嗎？」又是這種溫柔的聲音，應該要明令規定聲音太好聽的男人一律不得靠近女生三十公分以內才行。

「妳不適合香水，太豔。人說『濯清漣而不妖』是有道理的，妳過於壓抑，適合更自然的味道，不要刻意去製造味道，其實妳本來的味道就很好。」

吳齊森的鼻尖在我頸邊徘徊，他深呼吸，我心跳停止了一拍。

他沒做什麼，只是深呼吸，接著他抬起頭，把背往後靠在沙發上，閉著眼睛，輕輕地說：「我能想像妳的味道，非常自然，像曬過太陽的棉花那種天然的感覺……。」

我幾乎是傻住地望著他。

突然發現這是我第一次仔細看吳齊森的臉，之前都因為他靠太近，總是沒有正面看他。

近看才發現原來他鼻樑很挺，耳朵旁邊有顆小黑痣，睫毛異常地長，嘴唇上方微微翹起，髮絲略顯散亂地披在額頭上。

「好看嗎？」

聽見吳齊森這句話之後，我突然清醒過來，望著他，非常誠實地說：「很好看。」

「我知道。」吳齊森微笑著。

接著他把臉靠近，吻了我。

這個吻非常輕柔，他的唇只停留在我唇上一秒左右，還來不及感覺到什麼，他就退開了。

我按著自己的唇，不知道這時候該說什麼才好。

「妳為什麼，總是這麼憂愁呢？」吳齊森這麼問我。

「大概是因為失去了很重要的愛情。」我慢慢地，把所有心裡的難過，都化成字句，說給吳齊森聽，他邊聽著，邊用手指幫我擦眼淚。

「那些過去對我來說很珍貴，我不知道為什麼他可以一瞬間就拋棄這些，沒有一點猶豫，全都捨棄。」

「在一起的時候有多快樂，分開的時候就會有多傷痛。」吳齊森這麼問：「但是妳真的快樂嗎？」

我快樂嗎？好像沒有人這麼問過我，最近幾年大家的話題已經不是關心我快不快樂，而是「他工作穩定嗎？收入如何？」「什麼時候結婚？」「婚後住哪裡？」等之類的話題。

邁入社會之後，談戀愛好像不只是為了快樂，而是為了現實。

「改變自己去迎合他人的需要，這樣真的快樂嗎？」吳齊森見我沒有回答又提出疑問。

「戀愛不全只是為了快樂吧，應該是彼此關懷，要好好思考未來幾十年一起相處的方式。」是啊，談戀愛不僅是為了快樂，更是為了兩個人的未來吧。

「妳沒有回答我，妳快樂嗎？」吳齊森抓住我的臉，非常認真地看著我。

我快樂嗎？這問題連我自己也沒有問過自己。我不知道怎麼樣叫快樂，不知道要怎麼樣快樂，這麼多年以來，我以為元安跟工作就是生活的全部。

想著想著，眼淚又默默地掉下來，怎麼這樣？希望眼淚快點乾枯掉，我不想再哭了。

吳齊森再度抬起手幫我抹掉眼淚，非常溫柔。「不要哭。」

「其實很多時候人類都在彼此互相利用，說真的，這樣也沒有什麼不好。正因為有這些利用，才造就了許多經濟上的奇蹟。妳應該學一下怎麼利用男人，就拿妳前男友來說吧，利用了妳，再被新女友利用，很明顯。」

「他被利用？」

「妳以為呢？」吳齊森轉過頭來看著我。「有些女生就是喜歡搶東西，像是拍賣會上，不論是什麼東西，只要看到有人拿在手上，就覺得別人手上拿著的一定很好，下定決心要搶到。百貨公司週年慶也一堆人搶化妝品，有些女生搶完之後才發現自己不常化妝，根本用不到。有些人覺得要趁便宜多買一些囤起來，過了很久才發現放到過期，沒機會用它，這樣子保養品跟化妝品都很可憐，它們出廠的時候可是希望被好好利用來讓人變漂亮的啊，這樣不是很可惜？」

「你好懂女人喔。」我崇拜地看著吳齊森。

「我十六歲就進入業界，十年了，看過的女人多到不行，本來也不是太瞭解，只是因為每個人把頭髮交給我，都會有種莫名的信任感，所以都喜歡跟造型師聊天，什麼都說，很放得開。最近幾年在東區這裡，自稱為貴婦的女性多如過江之鯽，但說真的……」吳齊森做了個吐舌頭的鬼臉表情，如果換成別的男生做出這表情應該很突兀，但他就是很自然。

吃完飯之後我們在附近的街上散步，路上好多行人來來去去，吳齊森拉著我，跳上公車，在大安森林公園下車。

公園裡有好多人在散步、跑步，有練滑板的少年，還有跳舞的中年婦女，非常熱鬧，雖然在鬧區，卻自有一股鬧中取靜的氣氛。

我們牽著手散步，心情好像比較開闊。

「你很常這樣搭訕女生嗎？」我忍不住問吳齊森。

「對啊。」

「難怪你懂這麼多。」我現在不知道我跟吳齊森是什麼關係，不過聽到這樣的答案我反而覺得很正常。

「妳不要擔心，我很喜歡妳的單純。」

吳齊森又吻了我，輾轉細膩地，柔軟的唇印在我唇上，他的手指撫上我頸後，不知不覺地閉上眼，也回吻著他。

「不行。再這樣下去會不能呼吸。」吳齊森退開，大口呼吸著。

我迅速地臉紅。

我想這應該是我這輩子最大膽的行為，跟一個認識沒幾天的人，竟然可以在大庭廣眾之下旁若無人地接吻。

但是我覺得好開心，好……快樂。

「吳齊森。」我拉著吳齊森的手大叫。「我現在覺得很開心耶。」

「那很好，妳本來就應該開心點。」

在公園裡邊走邊聊繞了一大圈之後，又在附近的咖啡店買了咖啡邊走邊喝。跟吳齊森聊越多，就發現越多被隱藏起來的自己，原來我也可以這麼大聲的笑，這麼不去介意自己應該有什麼樣的行為。

以前，因為元安喜歡女生有氣質，喜歡女生行為舉止要有分寸，所以剛開始我適應了一陣子，講話要輕柔，不可以罵髒話之類的，都曾經被交代過。後來好像慢慢地改成了他喜歡的樣子，可是那時候我已經不知道原本的自己到哪裡去，這麼多年過後，經過分手的傷痛，這才好像有點發現我比較喜歡原本的自己。

我喜歡那個心情不好罵聲「靠！」也沒關係的自己。

我喜歡那個大口咀嚼食物的自己。

我喜歡那個愛跳舞喜歡到處交朋友的自己。

「我以前不是這樣的。」我對吳齊森說。「其實你也不算認識我，因為我以前是很活潑很喜歡大聲說話的人喔。」

「真的嗎？那我要多用點心認識妳。」吳齊森又偏過頭來吻了我。

這也是第一次這麼肆無忌憚地跟人接吻。

覺得自己被解放了，長久以來被關住的自己，藉由吳齊森的吻把深埋住的靈魂從桎梏裡解放了。

看著吳齊森的眼睛，從他眼裡反映的自己，好像有點改變了。

不需要再為了過去而傷心難過，正因為有那樣的過去埋葬了自己，從今天開始才要更珍惜新的人、新的愛情。

「我們，在談戀愛嗎？」我問吳齊森。

他一笑。「妳認為呢？」

「還不是吧。」

「為什麼這樣想？」

我沒有回答他的問題，只是回他一個深長的吻。

深夜，吳齊森送我回家，他坐在計程車上，看來有些疲倦。「我不上去了，明天還要上班。」

「我沒說讓你上去啊。」我斜著眼睛看著他。「好啦，今天謝謝你。」

計程車的車燈消失在前方轉角處之後，我才慢慢地上樓回家。

看著鏡子不斷稱讚吳齊森的手藝真好，妝一點也沒有花，而且我自己也比較喜歡這樣稍淡的妝容。

拿出慣用的手帳，開始記錄今天的點點滴滴，一直都有紀錄生活的習慣，但翻開手帳，近兩個月的空白，上面原本寫的都是一些婚紗店、宴客場地的預訂，但現在都用不到也不需要。

在今天的日期上，貼上今天跟吳齊森去拍的大頭貼，上次拍大頭貼不知道是多久以前的事情。畫面中的我們笑得燦爛，原來自己也可以這麼笑。

和元安的過去，隨著快樂的增加被一點一滴地拋在腦後。

原來人真的只需要一點點新的動力，就可以慢慢淡忘過去，忘記那些殘酷的傷害，然後重新學會笑，學會開心，學會找到真正的自己。

接下來，就要用改頭換面的自己面對新工作的挑戰。

06

正式上班幾天後，感覺好像不太對勁，倒不是說工作不好，只是好像很陌生，有點無法跟環境共處。

也不知道為什麼，感覺就是沒勁，也不是不會做，也不是很忙，只是有種單打獨鬥的感覺，要自己摸索。

心裡有些疑惑，公司雖然規模不大，但起碼也該有人負責新進人員的訓練工作吧，為什麼這幾天只有Eric、總機跟客戶和我說過話？

進來的第一天，Eric帶著我跟公司裡的人打過招呼，說我是新進負責網路行銷計畫的人，大家點過頭微笑過後，就什麼也沒有了。

是的，什麼也沒有。

Eric在我來的隔天就去上海出差，據說要半個月才會回來，看來這陣子我只好自己摸索看看，免得他回來的時候問我都做了什麼而我只能回答發呆跟玩臉書。

中午休息時間快到的時候，去了一趟洗手間，在裡面的時候聽見外面高跟鞋聲音噠噠噠的走進來，邊走還邊聊天。

「最近企畫部新進來的助理林言夕是什麼來頭？」

既然聽到我的名字，看來只好在洗手間裡多待一下。

「這件事情啊……」回答的女生拉長了聲音：「這件事可不能隨便亂說啊。」

「怎麼了嗎？」

「聽說是總經理親自面試帶進來的喔。」

「總經理？」

「很奇怪吧，而且會計部那邊說她薪水很不錯，才不過是個助理，比其他工作了兩三年的還好，所以他們部門的據說沒人要幫她新人訓練，不服氣哪。」

「是總經理放的竊聽器？」這女生邊講還邊笑起來。

「搞不好她現在就在廁所裡偷聽我們的對話。」這倒是說對了。

「對了對了，還有另外一個可能，就是她其實是……總經理的『女人』？」

還特別加重了女人兩個字的曖昧語氣。

「哈哈，其實兩個都是。」

「人家有本事，不然妳也去勾搭總經理領薪水啊。」

說完之後兩個人嘻嘻哈哈地離開，留下我一個人在洗手間裡沉思。

是這樣嗎？因為我剛進來薪水就很高？但是為什麼這些人會知道我的薪水比他們高？這顯然是會計部洩漏出來的？

還是有其他人聽見了我跟 Eric 的對話？

被莫名其妙排擠的感覺不太好，不過現在也只能面對現實好好工作。

被當成國王人馬，還不是間諜型，是花瓶型，當下在廁所裡也不能跳出去辯解，對所處的部門就更沒立場說，總不能莫名其妙對全部門發表演說澄清自己的清白。

雖然跟 Eric 認識是在夜店，工作也是我自己開口爭取的，但從第一天上班開始我就沒認為自己可以因為認識 Eric 的關係而什麼都不做，或者是偷懶，這些難道同部門的人都看不出來嗎？這幾天我四處問人有什麼需要幫忙，也確實地在幫忙，雖然大家交代給我的都是些瑣事，但我從沒有抱怨，立刻就會去處理。

這樣也要被當成特權份子嗎？在工作環境裡真的要彼此互相比較、互相競爭，沒有友誼的存在嗎？企畫這件事，不就是要共同合作才能完成嗎？

一路上生著悶氣回到座位，發現桌上黏著粉紅色紙條，上面清楚寫著：「請擬定預計三個月後上市之產品行銷規劃企畫書一份，電子檔案請寄給總經理與部門主管，並於明日早上九點鐘部內會議時進行口頭報告。」

字跡很陌生，但內容不陌生。

不過明天早上要報告這幾個字可嚇到我了。

沒給市調時間沒給產品資料什麼都沒給，明天要我口頭報告就算了還要交出書面報告？

真的假的？這不可能的任務不是正規工作吧？還是 Eric 的公司流行這種十萬火急的報告？

還好收信之後發現交代不可能任務的這位仁兄還是有道德良知，基本市場調查跟分析都已經有資料，只是後面……唉，抱怨沒好處，還是先工作吧。

針對資料部分研究了一下午，好不容易寫出企畫書初步大綱，接下來還要分析市場、做出區隔，然後針對銷售的人事地物做出建議……這個今天真的做得完嗎？算了這時候不要想這問題，認真思考就是。人家說，人在工作忙碌的時候會感受不到時間的流失，本來對這句話還沒什麼認知，但當我抬起頭來環顧四周發現天不知不覺已經黑了，而且附近的位子都空了的時候，真的感覺到原來時光飛逝是這樣的感覺。

只是，附近座位都是空的，大家連下班都無聲無息嗎？一聲招呼都沒有嗎？我就算是總經理帶進來的人，也不代表一定是間諜或者是沒腦子被安插進來的『女人』吧。

唉，這是今天第幾次嘆氣了？

頹然地靠在椅背上。

這時候手機響起。「哈囉？」我沒力地打招呼。

「言夕，下班了嗎？」是吳齊森。

「基本上現在應該是下班時間，但是企畫書還沒寫好，PPT 也還沒做，所以應該是還不能下班，除非我明天報告的時候想要兩手空空地上去發呆。」

「這麼可憐？要不要我送飯給妳？」

「你下班了喔？」

「我九點下班啊，下班後給妳帶食物過去？」

「九點？那麼晚——」

「小可愛，現在八點半。」吳齊森笑起來。

八點半？！這時候我才認真地看了一下電腦的時間，真的是八點半，竟然從中午到八點半都沒有任何同事跟我說過一句話。

人類到底為什麼會這樣愛計較、小心眼又不友善？唉，今天老了好多歲。

掛掉電話，吳齊森等下下班過來應該也要半小時吧，還是抓緊時間好好做報告。

把頭埋進電腦裡研究那堆讓人看久之後眼睛會不自覺失明的數據跟分析，還參考了一下推出同質性商品的敵方銷售策略，終於想到應該怎麼擬定策略。

就在我正專心地打字時，突然有杯冰涼的飲料貼在臉上，嚇得忍不住尖叫起來。

回頭一看，才發現吳齊森正一臉無辜地站在背後。

「你怎麼上來的?」我撫著胸口。

「我跟保全說女朋友在加班，我想要給個驚喜啊。」說完後，吳齊森跟陪同上樓的保全人員點頭，保全才轉身下樓去。

「哪有人這樣的。」我嘟囔著。

「我很想妳啊。」吳齊森又貼著人說話。

我心神一亂。「不要這樣，這裡是公司耶。」

「到處都有監視器，好刺激。」

「亂說。」我白了他一眼。

我們邊聊天邊把吳齊森帶來的食物都吃完，然後我用意志力硬是把吳齊森給趕回家，有他在這裡，我無法專心在工作上。

吳齊森倒是很配合，他說工作的事情大家都有難處，互相體諒最重要，然後就瀟灑地離開。

雖然心裡覺得對他很不好意思，但我想要用這個報告，讓所有人看見我的工作能力，請不要再把我當成利用男人進來工作的「女人」，也不要把我當成間諜。

儘管自己以前好像對工作也沒有多大熱忱，但現在被說成這樣，感覺心裡真的很不舒服，好像不認真工作就會真的成為他們口中所說的那種人。

熬到快十二點，保全上來提醒我得離開公司時，才終於完成了明天要報告的PPT檔案，迅速地整理好，看來書面的部分回家再慢慢潤飾。

坐電梯下樓的時候心裡一直在想能有份工作真好。

之前過了段沒工作的日子，雖然自由，但休閒時光伴隨著分手的痛苦，時間過得非常慢而折磨，人啊，好像總是得要有些目標，才能夠獲得足夠的生活能量。

發現自己想起元安的時間變少了，也不再花那麼多時間回憶過去跟掉眼淚。

要謝謝三個人，一個是拉我回到現實世界的人；一個因為同情我（？）而提供我工作；另外一個，則是給了我浪漫的互動。

像吳齊森這種男人，是專門生來對付女性的，年輕又帶點陰柔的俊俏、挑逗性的動作及話語、身為造型師的肢體接觸……女性碰到他主動出手的，很難不淪陷。

要感謝他，若不是他，就無法體會到那種心臟快要停了的期待。

剛出電梯門口，手機又響起，肯定是吳齊森。「要回家了。」

「妳還在公司？」這不是吳齊森的聲音，拿著手機看號碼，一連串的號碼看起來不像台灣的，國際詐騙集團？

「請問……你是誰？」小心翼翼地問著。

「Eric，妳還在公司？」

喔，原來是老闆。「沒，剛離開，有什麼事情嗎？」

「怎麼會那麼晚了還在公司？」

唉，還不是因為你，被當成了國王人馬，然後就被看不過去的人整，忍一下就會過去了。

「明天要報告。」

「什麼報告？」

提到這件事情就不能胡亂說，於是我輕描淡寫地把報告內容交代一遍。「啊對了，不好意思剛剛發信太匆忙，所以忘記寄給你，等下回家寄給你可以嗎？」

「嗯……」Eric 好像在沉思。

「上海工作還好嗎？」就算 Eric 現在變成老闆，但說真的我還是把他當朋友，很難打從心裡把他當老闆般對待。

「怎麼老是問工作，問些別的啊。」他笑了。

「那，上海姑娘漂亮嗎？」

「還不錯，只是她們一開口說話還是讓我有點不習慣。」

「有去上海五光十色的夜店嗎？」

「我也想，只是沒精力。每天趕完行程也差不多得回飯店休息，還得處理台灣這邊的公事。」

「那早點休息吧。」我走到捷運站，準備碰運氣看能不能趕最後一班捷運。

「我得趕緊去捷運站。」

「小心點，平安到家之後給我電話？」

「國際電話費很貴的。」

「回來我給妳就是。」Eric 輕笑。「一個人在大陸，需要朋友晚上說聲晚安。」

「那好。」

迅速地收線，往捷運站奔跑，剛好趕上正要進站的捷運，不曉得是不是最後一班。

深夜的捷運，人群也三三兩兩，有可能跟我一樣加完班滿臉倦容的上班族、也有應該是應酬完滿臉通紅的人，有還在被單字的學生，也有小情侶依偎在車廂一角。

喜歡觀察人群跟環境，覺得參與了他們的人生，彼此都不知道自己有沒有可能成為對方人生裡的一部分，只是這樣在同一節車廂裡，說不定也是種緣分，因為不知道下一刻會發生什麼事。

從捷運站走回家的路上，突然覺得這條路怎麼那麼陰暗。

新聞播報的各種社會事件開始浮現在我的腦海裡，基於自己嚇自己的心態，開始有些怕，於是趕緊加快腳步，一直到回家之後鎖上門，才真的安心。

一個人真的有很多不方便。

回家習慣性地檢查信箱，發現紅色炸彈就順手拿上來，又是誰要結婚了啊？

換好衣服之後我拿著喜帖研究。

看了地址，心裡一陣毛，亂撕開信封後發現，這是元安的喜帖。

長子陳元安與長女歐陽蔚……我慌亂地往下看，結婚喜宴！

他們要結婚了。

頹然地坐在地板上，冰涼的溫度直達腦門，讓我結結實實地打了個冷顫。

握著喜帖的手在發抖，不住地發抖著。

他們要結婚了！而且還寄喜帖給我，這是為了什麼，已經留下我自己面對欺騙跟背叛的事實，為什麼還覺得我可以去參加婚禮，還可以好聲好氣地祝福你們呢？

喜帖裡面夾著一張小紙條，不是元安的字跡。

請一定要來參加我們的婚禮喔，言夕姐姐。

雖然言夕姐姐沒有跟安安在一起了，但還是安安的好朋友對不對？

如果看到言夕姐姐來，我一定會很開心的！

另外，我已經幫姐姐物色了好男人，結婚當天介紹給妳。^_^

P.S. 對了，言夕姐姐可以提早來會場嗎？人家跟安安在一起還沒有多久，所以不知道元安的喜好，因為人家安排了小驚喜要給他唷！可是不知道這樣他會不會喜歡，所以想請姐姐給點意見。

就這麼說定了，要早點來喔！

小蔚 ^_<

看完這張紙條，整個人氣得顫抖起來。

無言以對。

看著淡粉紅色的喜帖上元安跟歐陽蔚兩人依偎的甜蜜笑容，心裡欲哭無淚。

這才發現非常諷刺地這張喜帖我沒多久之前見過，這是婚紗店經理在我跟元安去談時所介紹的，他們說可以用婚紗照片去做喜帖，還拿了幾個 sample 給我們參考，現在我手上拿的這張，就是當初我們去看時，我喜歡的那張。

該謝謝陳元安還記得我喜歡的喜帖嗎？

該謝謝歐陽蔚熱情的邀請並幫我介紹對象嗎？

該幫助歐陽蔚聆聽她的小驚喜並且給她意見作為參考嗎？

原本以為之前的生活就已經是身在地獄裡，原來還有比地獄更絕望的地方，我現在就在那裡。

我不要自己一個人痛過好久好久之後，好不容易傷口開始有點癒合卻又要被他們重新撕開，而且陳元安現在跟我一點關係也沒有，連朋友都不是了，我不想參加他的婚禮，更不要想我會提供什麼意見給歐陽蔚，關我什麼事？！

關我什麼事呢。

生氣地拿出紙筆，開始不斷地寫上罵人的話，以前媽媽總是對我說女孩子家生氣的時候不要破口大罵，拿張紙自己寫出來，寫完之後，氣就會消了。

所以我不斷地寫著，怒氣慢慢減退之後就邊寫邊哭，寫完一張又一張，越寫越覺得自己悲哀。

每張紙上，都是我碎得七零八落的愛情。

寫完之後掩住臉無力地坐在地板上，覺得好冷。

情人的背叛是對自己的嚴重打擊，那代表對方對妳沒有愛，在他選擇用欺騙來對待愛情的時候，愛情就已經不存在了，剩下的只有謊言。

戳破謊言的時候是最醜陋的，事實赤裸裸地呈現在眼前，無法繼續編著不著邊際的謊言，所以一切演變成了鄉土劇，有人哭訴有人胡鬧有人焦頭爛額，當然還有一些人會繼續恬不知恥地以為可以當朋友。

誰可以跟這種人當朋友？

女性跟男性的關係很明確，從朋友跨過了那條界線變成戀人之後，就再也不能退回朋友的位置，只能退回「不聯絡不認識假裝不知道」的那一區，我不能只是退一小步，看著心愛的人變成朋友，還變成別人的男朋友，當別人有相處上的疑惑，還要來請教我怎麼跟男人相處。

我做不到。

我不能跟元安當朋友，更不可能跟歐陽蔚當朋友。

我希望他們兩個都離我遠遠的，隨便要戀愛還是要結婚，都隨他們開心，只是不要再來打擾我，我的心已經夠殘破了，自己一個人縫縫補補的，還要被這樣無端地拉扯開。

不斷地咬緊牙根捏著自己的手臂不讓自己叫出聲來，直到手臂上流出熱騰騰的暗紅液體。

感受到痛楚，但這些痛卻沒有心來得痛。

曾經是這麼樣掏心掏肺愛著的一個男人。他當兵的那年，下班後我拖著疲累的身軀不眠不休地坐車到屏東去，只為見他一面；去上班的第一套西裝是我用整個月的薪水去買的；他上班後談成的第一件大案子，我請他去吃很貴的牛排，然後節衣縮食了一個月；上班幾年之後升職，感覺出去應該要更體面，所以買了非常貴的 OMEGA 機械錶送給他，卻被他嫌棄要自己調時間太麻煩，拿去換成 SEIKO 石英錶……這麼多事情我都還記得，為什麼他都忘記了？為什麼他可以在我做了這麼多事情之後選擇欺騙選擇劈腿，最後選擇了別人，還寄喜帖給我？

傷害要做到什麼樣的程度才叫狠心？我不知道。

我只知道現在自己已經遍體鱗傷，原本只想躲得遠遠地，安靜地過自己的日子。

而為什麼他們兩個人不肯放過我，還要這樣大張旗鼓地來攻擊呢？

拿起美工刀，本來想把似曾相識的喜帖分割得粉身碎骨，但看著這本來應該是屬於我的喜帖，卻下不了手。

突然有個念頭，或許得離開這個世界，才能夠不再感受到心臟傳來的痛楚，才能夠不再被過去追著跑。

眼睛盯著美工刀，越看就越覺得有種魔力，吸引人過去的魔力，我緩緩地把刀尖對準了手腕……

猛地，手機鈴聲劃破這一室可怕的沉默，那瞬間刀口對著我手腕劃下，切開了自己的皮膚，血一下湧出來。

看著那些血，好像有些明白，痛楚不會消失，傷口會好，但是受傷的痛楚這輩子都會刻在心上，永遠會記得妳曾經那麼痛，曾經那麼無助。

鈴聲還在響，而這通電話，或許就某部分而言，解救了我免於墜落更無助的深淵。

緩慢地，接起電話卻無法開口，血沿著手臂流下來，暖暖的。

「言夕？」我連這是誰的聲音都認不出來。「是妳嗎？」

「你是誰？」我冷淡地問。

「妳怎麼了？」聽到這句話的時候，才發現這是Eric。

「我在地獄裡。」無法繼續下去了，我再也不能假裝這一切都不在眼前，我無法想起美好的事情，只想著痛苦。「我不想堅持下去了……」

無力地垂下手，電話那端傳來 Eric 的喊聲，我卻無法再拾起話機。

夜已深，還有多少靈魂有跟我一樣的煎熬？如果有人可以獲得救贖，那又應該怎麼做呢？刻意壓抑下來的痛，此刻全都用幾十倍幾百倍的能量反撲回來。

如果可以不要醒過來，那有多好。

明天，或許就不會再這麼痛了。

不知道過了多久之後醒過來，黑暗中看見了時鐘閃著：4：50。

也好，再過沒多久就應該是起床準備上班的時間，低頭一看，手腕上的血跡已經乾涸。

血會止住，但痛卻止不住。

就像回憶會淡忘，但痛苦卻比回憶更雋永。

原本以為自己離開那些紛紛擾擾了，卻因為這張帖子，讓我重新陷入了那些痛苦中，我以為自己可以藉由身邊的人來忘記這些，卻發現我只是飲鴆止渴。

地板上血漬斑斑，畫面有點恐怖小說的感覺，花了些時間清理家裡，然後洗了個很長的澡，仔細地清洗自己，希望那些傷痛隨著水一起流走，離開這個地方，離開我的心裡。

洗好之後拿起喜帖再度端詳，這些原本應該屬於我的婚禮，屬於我的新郎，突然都到了別人的手裡。

我的痛苦，誰看見？

他們自己快樂也就算了，為什麼還要讓不快樂的人陷入地獄呢？

我不願意，也不想要屈服。

在心裡下定決心，這場婚禮，我要出席。

要讓元安知道失去了他，我的生活變得更好。

要用最美麗的姿態，出現在他們的面前，要讓這兩個人知道，我不會再退讓，不會再躲著難過，為了別人而犧牲自己沒有好處。

用過去的七年來證明這道理是很殘酷的過程，但最後得到的結論卻是再正確也不過。

泡了杯咖啡打開電腦，認真地把昨天應該完成的書面檔完成，然後神清氣爽地化妝換衣服準備去上班。

習慣了化妝，覺得化妝之後的自己更漂亮、更有自信，都不知道以前的自己沒有化妝是怎麼出門的。

或許過去的自己太注重別人不重視自己，現在才知道如果自己不重視自己，那麼或許也沒有人要重視妳。

手上的痕跡，因為不知道要怎麼遮，所以就穿了薄長袖襯衫來掩飾，還好天氣微涼，不然真的會有點難堪。

昨天的自己想著什麼呢?之前聽過有人說有時候會無意識地做出某些事，本來還不太相信，經過昨天，好像知道這句話的意思，當下可能真的沒有那個意思，但是事情就不小心發生，誰也預料不到。

一進公司坐下，大家全都用震驚的眼神看我。

怎麼了嗎?

才開始準備今天要報告的文件，企畫部龍頭就走到我身邊，低低地說：「言夕，我們到會議室說話好嗎?」

狐疑地跟著經理到了會議室，經理關上門、關上百葉窗，小心翼翼地開口：「妳……還好嗎?」

「我很好啊，怎麼了嗎?」

經理講完事情的原委之後，我才知道，原來昨天那通電話之後，Eric 竟然在半夜那種時間從大陸打電話叫醒我們經理，命令他讓我放五天的假休息，五天後再看我的狀況怎麼樣決定要不要繼續休假。

心裡很震驚，不知道應該謝謝他還是罵他，本來我的處境就已經夠艱辛了，竟然還用這種大張旗鼓的方式讓我更黑。

雖然心裡五味雜陳，但仍神色平靜地看著經理：「經理不用擔心，是總經理多慮了，我不需要休息，今天我會直接打電話再跟總經理報告的。」

經理臉上雖然一副不相信的樣子，看我這麼堅持也就沒多說什麼，但他走出門前淡淡地丟下一句：「妳身分特殊，還是多保重點。」

聽到這句話我突然有點火大，但還是很平和地問：「請您解釋什麼叫身分特殊。」

經理聽完之後回過頭，用很曖昧的眼神看著我：「不是嗎？那時間跟總經理講電話，然後讓總經理打電話吩咐我讓妳休假？嗯？妳這樣的行為要別人怎麼想？」

這樣的語氣，讓我很想甩下一句不做了然後帶著尊嚴走人。

但尊嚴不能當飯吃，我還需要這份工作，所以咬著牙忍住。「是，這是我的疏失，我以後會多注意。」

不管如何，我是需要這份薪水的，不能隨便賭氣。

只要多做事，總有一天肯定可以擺脫這樣的印象，獲得敬重。

和經理一前一後走出會議室，注意到所有人的視線都往這裡飄過來。

我迎接每個人的視線，微笑以對。

當自己覺得沒什麼好損失，就沒有什麼人可以傷害自己。

迅速地印好今天報告要用的檔案，排放到今天要開會的會議室大辦公桌上，備好茶水等大家進來開會。

時間一到，大家陸陸續續就定位，經理開始針對本週的工作進度做各自檢討，大家也針對被點名的部分做出回應和檢討，接著經理開始介紹新產品的部分，本來以為經理會讓我直接開始報告，沒想到經理竟然就拿著我的資料，交給部門裡另外一位資深的同仁，那位同仁也一副胸有成竹的樣子開始報告。

我坐在台下，看著別人報告自己一整天弄出來的心血結晶。

不明白這是為什麼。

會議開完之後，等大家都離開會議室，我拿著資料敲經理辦公室的門，請他給我一個答案。

他只是淡淡地看了我一眼。「那本來就不是新人可以負責的部分，我只是請妳提供妳的意見，並不代表妳要負責這個案子。」

喔，原來是這麼一回事。「是的，我瞭解。謝謝經理。」

「對了，」經理又說：「為了怕妳工作量太大會很累，以後妳上班看愛做什麼就做什麼。反正妳什麼都不做也沒關係。」

「我不要！」突然大吼起來，經理也被我嚇了一跳。

因為聲音很大，經理室門又沒關，所以大家應該都聽得見。

這樣也好，至少只需要說一次。

「妳這是——」經理一臉不可置信的表情。

「我很認真地想要工作，在以前的公司也非常認真的工作，但是我被裁員了，不為什麼，只因為新來的人薪水可以壓得比我低，公司可以少支出一些。接著，相戀七年的男朋友劈腿，跟我分手，我同時失去了工作跟愛情，差點就要熬不過去！好不容易遇見Eric，他願意給我一份工作，我非常感激，也願意盡自己的全力去工作，只是大家都認為我是國王人馬不願意跟我有瓜葛，每天每天過著沒人跟我打招呼沒人願意幫忙的日子，我都覺得這是磨練，昨天花了一整天在公司，12點回到家，接到前男友寄給我的結婚喜帖……」講到這裡，我奮力地忍住淚水，「我不是要說自己有多了不起，還撐著把工作完成，只是你們真的不需要這樣敵視我，難道你們的人生都沒有過低潮嗎？我的人生到現在整個都不對了，我還是想要認真地活下去、認真地面對生活，因為認識了Eric才來工作並不代表跟他一定有什麼，希望你們不要想太多！請給我一個公平的機會，讓我好好地工作，好好地過自己的生活，可以嗎？」

講完之後也不管經理怎麼回應，逕自回到自己的座位上。

坐下冷靜了五分鐘之後，才開始覺得自己哪裡來的勇氣說這些？也才覺得行為魯莽，但話都說出去了，又不能收回來。

轉念一想，這樣的工作不如沒有，靠別人而獲得的工作，終究落人口實，所以乾脆地寫了辭呈給經理，表明了再也不會來上班，經理不敢答應，我還是任性地自己收拾東西就離開辦公室。

管他，什麼都沒有的話，從頭再來就好了。

但心裡終究像是有個缺口，快樂的因子不斷地從這缺口裡傾洩而出。

不知不覺，走到吳齊森工作的地方，從外面就看見他工作的身影，他正在幫客人沖洗頭髮，看著他溫柔的動作，心裡竟然會有一點點不是滋味。

沖洗完之後，吳齊森拿起一瓶護髮霜向客人介紹，然後將護髮霜塗抹在她的頭髮上，接著用熱毛巾包起來……

那瞬間，我看見，吳齊森輕輕地吻了對方的額頭。

只是一瞬間，我卻還是看見了。

我沒有反應，也不能有什麼反應，只是搖搖頭走開來。

他今天看來是沒有空陪我了。

那就是他的生活方式啊，怎麼能對他有所要求呢？

我們，都在需索自己的快樂。

原來人可以需索情感，那天我終於明瞭。

回到家，換了衣服，就往夜店去，需要吵鬧的地方讓自己無暇思考其他的事情，需要一些人讓自己覺得被愛著。

在眼睛上疊了幾層亮亮的眼影，戴上假睫毛，踏進夜店沒多久就發現佳薰正在包廂裡仰頭灌下酒，眼尖的她發現我，尖叫著把我帶進包廂。

「這是言夕！我的好朋友。」聽語氣就知道她已經喝了一陣子。

我跟著佳薰跟整包廂的男男女女一起喝酒，大家笑著鬧著什麼螺絲起子、長島冰茶、黑色俄羅斯、鹹狗、藍色夏威夷……沒有關係都來一杯吧。

喝了酒之後人會變得輕飄飄，而且不自覺地滿臉笑容，不論別人說了什麼笑話都覺得好好笑。

有個男生約我去舞池跳舞，我大方地牽著他的手就去了，也不管正在放的是什麼音樂，想起以前跳舞的美好，就放肆地甩頭扭腰擺臀。

「妳很會跳舞。」那男生對我笑。

「是嗎？」我也回他微笑。

音樂一首又一首。我在舞池裡聽著音樂不斷地笑著唱著歌跳舞，精力好像都用不完，跳得累了，就回包廂喝酒聊天。

「明天還要上班，我要回家了。」提起手提包，我對佳薰說，她正和某個男生吻得難分難捨。

「我送妳。」剛剛一起跳舞的男生站起來。

我看了他一眼。「好啊。」

他扶著我走出去，坐進在門口排隊的計程車裡，我隨口唸出家裡的地址。

車子開動之後，我靠在他的肩膀上，突然覺得他身上的古龍水很好聞，於是我抬起頭吻了他。

他也迅速地回吻我。

我們在計程車的後座火熱地吻著對方。

可以聽見他呼吸裡壓抑不住的喘息。

也可以感受到身體掙脫了某種束縛跟枷鎖，解放了自己。

計程車開到我家門口時，我用手指點著他的唇，跟他說掰掰。

「可以給我妳的電話嗎？」他問我。

「下次囉。」我笑，然後關上車門，轉身往大樓門口走去。

回到家之後，從鏡子看見自己因為親吻而發紅的雙唇，忍不住對著鏡子，大哭特哭起來。

我不知道自己為什麼要這樣哭，但覺得這樣的自己已經完全不能再回到以前了。

我想念的人，現在對我還有一點點眷戀嗎？

為什麼在這樣夜深人靜的時候我還是會想起那個曾經溫暖的胸膛？忘不掉那個背叛的人，到底我現在還無法捨棄的，是過去的愛情，還是只是不想放手？

連自己都搞不清楚自己的心情，在黑暗的房間裡，連眼淚無法被看見的悲哀，我一個人，回想著快樂的、痛苦的、掙扎的、甜蜜的每一種回憶，把自己推進快要發瘋的世界裡。

□

Eric 來過幾次電話想找我回去工作，他說就算我不喜歡他，也不需要和工作作對，但最後我還是拒絕了，我想要靠自己的力量重新站起來。

拒絕 Eric 或許是不智的決定，但想想到現在我的人生做了許多自以為聰明的決定，到最後還不是淪落到這地步，所以這次就索性任性個徹底吧。

晚上有時候還是跟佳薰相約去夜店，那是一個迷幻但誠實的地方。

人們需索著慾望，需索著撫慰，需索著一時的愛，有時候想就這麼算了，放開又何妨？但或許還有種心理上的障礙，所以總在最後關頭閃躲，不願意承認的是或許心裡總是還抱著一絲期望，或許還可以回到元安的身邊。

或許有天他會醒過來，發現他還是愛我。

或許……有時候不敢往下想，怕一多想，眼淚就要不受控制。

曾經那麼貼近彼此的心，曾經緊緊擁抱住自己的人，或許有天也會想念我的溫度，想念我的味道，想念我的懷抱，而回到我的身邊。

想逃避，所以還是來到這裡，來到這個只要閉上眼睛就可以不去多想的地方。

在舞池裡放鬆地舞動著，可以放空很多情緒。或許有些人跳舞，醉翁之意不在酒，但我跳舞是為了想彌補過去七年的自己，曾經很傻為了對方寧願不要自己真正喜歡的東西，而選擇遷就。

那些遷就的日子，那些我為了他所付出的一切，到現在我都不覺得後悔。

但，到最後得到什麼？還不是欺騙，還不是背叛，還不是嫌棄我因為他改變的一切。說穿了那些改變到最後突然都變成兩個人之間不適合的地方。

前幾天下定決心要去他們的婚禮，我跟元安共同的朋友非常多，到時候自己如果出現在會場，氣氛肯定會變得很刺激，何樂而不為呢？懷著小小報復的心態，想要去給對方一點教訓。

雖然心裡有個小小的聲音說：「妳只是想看看他。」但我拒絕承認這樣的話，也拒絕承認自己真的還有眷戀。

這陣子總是矛盾著，既希望自己快點走出來，又希望他可以回頭找我，不斷地想著他回頭找我的畫面，以及自己的回答。

「哈囉，我是Ben，妳自己一個人？」正胡思亂想著，旁邊突然出現一個聲音。轉頭一看，是感覺還不錯的男生。

「跟朋友來。」用手指了指佳薰的方向。

最近都跟佳薰一起行動，如果兩個人晚上都沒對象，就一起搭車回家，比較不危險。

佳薰工作很賣力，賺錢很賣力，所以出來玩也特別認真。她常說：「工作認真就是為了用力玩樂。」

前幾天佳薰還約我去打美白針，她說賺這麼多錢就是用來花的，所以常帶著我去享受SPA、按摩、美容之類的。

不得不承認她真的很享受生活，儘管很多人不會認同她的生活方式，但佳薰告訴我，人活著是為了自己，不是為了別人，只要是自己快樂的事情，別人沒有理由干涉。

佳薰雖然在夜店時放浪形骸，但其實她有很柔軟的心，前陣子看她拿手帳出來看，發現某頁貼了封信，小朋友樸拙的英文字寫著感謝，才知道她認養了兩個非洲的小朋友，目前已經開始上學讀書，所以寫信給台灣的「媽媽」。

沒料到吧。

所以，每個人都有自己想要的生活方式，別人沒有權力插手，要批評的，就隨他去吧。想到這裡，突然有點擔心這幾天明顯變得沉默的佳薰。

「不好意思……」我閃開 Ben，回到座位上。

佳薰今天特別沒勁，傻傻地看著桌面，更反常的是擺在面前的酒一口也沒喝。

「怎麼了嗎？」

佳薰被我嚇到似地抬起頭，接著嘆氣。「沒事……」

「不開心？誰惹妳？」我笑笑地喝酒，酒量經過夜店的磨練越來越精進。

佳薰看了我一眼，拉著我手往外面走。

穿過人群走出店外之後，在附近的咖啡店坐下，我點了咖啡，擺在她面前的是柳橙汁。看見這杯柳橙汁，突然有個念頭閃過腦海。

她靜靜地坐著，我也沒催她說。

就這麼相對無言了十幾分鐘，她突然幽幽地開口：「要不要生下來？」

「懷孕了？」我低聲地問，不太意外。

「嗯，十週了。」她啜飲著柳橙汁，臉上有淡淡的憂愁。

「是小開的？」這陣子佳薰都跟一個小開走很近，玩得很瘋。

「嗯。」

「他怎麼說？」對方看起來應該也是玩家。

「他說驗 DNA 確定是他的，他就會認。」

「結婚？」

「怎麼可能？我想他連驗 DNA 這話都是開玩笑的，他根本不會認。」佳薰苦笑著。

我沒有回話，不知道該回什麼。看得出來佳薰對小開其實已經超出了玩的成分，她對他其實是有感情的。

「這就是玩出感情的下場。」佳薰慢慢地捧著柳橙汁一口一口喝著，眼神很呆滯。「本來我以為自己不會陷進去，可是不知不覺就開始覺得想見到他，想要他陪我，有時在夜店看見他跟其他女生玩鬧，我會很低落，告訴他，他只說大家各自出來玩，別太認真。我知道自己沒有希望，卻還是忍不住喜歡他，忍不住每天對他噓寒問暖，上床時也由著他，他不想戴，就讓他不用戴……」佳薰的眼淚滴下來，這是我第一次看見她哭。「想想真傻，但想到這是他的孩子，就覺得應該要留下來。只是我自己一個人，沒有他，不知道能不能給孩子好的環境，我不知道將來這份愛會不會轉化成其他的情緒。」

女人，為了自己喜歡的人，常常會違背自己的原則，結果很冒險，不是大好，就是大壞。遇到好結局的機會，可能比中樂透頭彩稍微高一些些而已。

「妳自己有什麼想法？」我又補充：「對孩子。」

「我想生，又想拿掉。」她右手撫著肚子，掛著淚的臉龐試圖想要擠出笑容。「理智告訴我生下來絕對不會比較好，但情感上又捨不得，這是我跟他的孩子。」

「媽媽應該怎麼做？」佳薰對著肚子非常溫柔地說話。

我嘆氣，想起以前的自己。

很多年以前，我曾經有過一個孩子，是元安的。

告訴他之後，他很震驚地問我為什麼會這樣，好像這小孩不是他的一樣，當時我們都還是學生，絕對沒有辦法開心地迎接這個小生命，幾經考量後他帶我去醫院拿掉了這個孩子。

還記得那是一個炎熱的午後，但我躺在病床上的時候卻全身顫抖，不斷不斷地想要逃離，彷彿聽見孩子在呼喊著我的名字，病房裡的溫度突然下降到零度，血液都要結冰似地冷。

拿出來之後，是一個男生，雖然不清晰，但想必長大之後會擁有非常清秀的臉龐吧，小小而細長的四肢……。

那瞬間我的眼淚停不住，我不斷哭泣，從醫院回到住的地方之後還發生大出血，後來跟家裡藉口重感冒引發肺炎，住院住了幾天調養身體。

即便是這麼多年以後，想起當初看見孩子的那刻，還是覺得心痛，當時我對孩子說：「媽媽對不起你，沒有辦法把你生下來，希望有一天你可以原諒媽媽，再回來當我的寶貝。」

哭了很久很久，哭到元安都覺得我應該去看身心科醫生。後來真的去看了醫生，但醫生不懂我的傷痛，他只是開藥讓我吃下去。
我們短暫分手過三個月，就是因為這件事，我對他說我沒有辦法看見他而不想起孩子。
每天每夜，對著已經沒有孩子在裡面的腹部說話，懺悔。
我知道那種空虛，我知道那種不得不的痛苦，時至今日仍然無法忘懷的痛。

「生下來吧。」我對佳薰說。
佳薰抬起頭看著我，表情空白。
我忍著眼淚接著說：「每個小孩，都應該是爸爸媽媽的寶貝。」
佳薰只是很淡地笑，然後搖搖頭。「他的爸爸不要他。」
「生出來之後就會了，一定的。」我非常認真地對佳薰說，而她只是慢慢地搖頭，慢慢地咬住下唇。
那天晚上我們都沒再說話，懷著各自的心事，把飲料喝完之後就各自坐車回家。

□

之後的幾天，我心情很不好。

不斷想起元安，不斷地想要打電話給他，但總是在撥打了手機號碼的前幾碼之後又宣告放棄，還是沒有勇氣，我仍然不夠堅強，以為自己可以一個人過得很好，但事實上想起那些過去，我仍然只希望被他所擁抱被他所撫慰。

想像爛泥一樣癱著，誰都不要管我，這樣的話會讓悲傷沖淡一些嗎？會忘記那些無孔不入的痛嗎？

最近連新工作都懶得找，那件事後 Eric 雖然還是常常打電話給我，但我總是冷淡以對，那樣的態度應該也讓他覺得很莫名其妙吧，男人的驕傲跟自尊不容人踐踏，所以他也漸漸地消失在我的生活中。

事實是人要消失在另外一個人的生活中很容易，但要從一個人的心裡消失卻那麼難。

越是想要把過去抹滅掉，那些痕跡卻越是變得深刻，總是閉上眼睛就一幕幕回到眼前播放。

又到了無法成眠的夜晚，第幾千幾萬次逼著自己入睡的時候，手機響了。沒多想地接起電話喂了一聲，但電話那頭僅是沉默。以為自己不小心掛斷了，拿起手機一看，才發現來電號碼是元安的手機。不死心地又喂了一聲，聽見那端傳來低沉的嘆息，心跳卻突然加速了。

「元安？」

「睡了嗎？」果然是他的聲音。

「剛要睡。」

「我睡不著。」他的聲音聽起來有點疲倦。「妳……最近還好嗎？」

「很好啊。」我有點逞強地說著，但聲音卻不由自主地顫抖著。

接下來，我們不知不覺聊起天來，聊的盡是過去一些輕鬆愉快的事情，儘管我們聽起來都累了，但都沒有想要掛下電話的意思，一直到天空微微發亮，四周開始出現鳥鳴聲。

很久沒有這樣聊天了，從分手之後，不，應該說是從在一起之後，好像就沒有這樣自在地像朋友一樣地聊過天，我拿著電話，不自覺地紅了眼眶。

「天亮了，我等下要上班。」元安的聲音沙啞。

「還好嗎？要不要請個假？」

「我想起妳以前發燒到三十九度也不肯請假，說全勤有兩千元獎金，為了兩千元撐了一天，半夜才去掛急診吊點滴……」

「沒辦法，我要存錢啊。」

「是啊，現在才覺得妳默默地為了很多事情，犧牲了自己。」元安突然這麼說，聽在我耳裡心頭一震。

「怎麼突然這麼說？」眼淚又開始氾濫，我趕緊把手機拿遠，不讓元安聽見哭泣的聲音。

「沒……沒什麼，好好保重自己，我去躺一下。」

雖然還想問他，還想聽聽他的聲音，還有好多話想問他，還想繼續這種假的溫柔……但是也只能說好。

元安掛掉電話之後，我傻傻地坐在房間裡，只能任憑眼淚不斷不斷地流下來。

回來。

回來我身邊好嗎？

腦海裡不斷地迴響著這句話，心裡好像有一點點希望，還沒有死去。

□

呆坐到中午，手機突然地又響起，是佳薰。

聽完她的話後我趕緊起身穿衣服梳洗，出門時被陽光一照竟暈眩起來，叫了計程車直奔佳薰說的地方。

婦產科。

一進門，就看見佳薰臉色慘白地坐在候診室的塑膠長椅上。

我走近她，坐在她的身邊她伸出雙手按住我，傳過來的溫度異常冰冷。「我要拿掉他。」

我沒有回話，只是緊緊地握住她的手。

「妳陪我進去好不好？」佳薰幾乎是哭著問我的，我無法拒絕。

沒多久之後輪到佳薰，她幾乎是崩潰地求醫護人員讓我進去陪她，他們只好勉為其難地答應。

醫護人員特別警告我不可以昏倒，不然會很麻煩。

佳薰顫抖著躺在診療椅上，雙腳打開，右手緊緊抓著我，臉色一片慘白。

醫生進來之後再次跟佳薰確認是不是真的要拿掉，佳薰咬著牙點頭，下唇都咬出血來。

然後手術開始了，我別過頭，但那些聲音我全都認得，現在應該是在做些什麼我模模糊糊地都知道。

非常殘忍的過程，更殘忍的是下決定的我們。

手術室的溫度好像越來越低，我自己都忍不住發起抖來，佳薰緊咬著下唇到幾乎要流出血的地步。

經過了好像一世紀那麼久，手術結束了。

我的手臂上，則是出現了幾道血痕。

醫護人員推著佳薰前往恢復室的時候，她緊閉著眼睛，臉色慘白渾身發抖，卻有淚水不斷地從眼角滴下來。

我知道。

這時候我想擁抱住佳薰，給她一個溫暖的擁抱，正如同當時我自己所需要的一樣。

再多的愛，都無法填補此時的無助跟空虛。

望著佳薰進入恢復室，我坐在門外的長椅上抱著自己，不斷地有畫面襲擊我的腦海，關於我無緣的孩子。

那是我親手扼殺的生命，連自己都不能原諒自己的過去。

無聲地啜泣著，原來佳薰的手術對我自己的傷害，遠比我想像中來得巨大。

這種空虛是男人不能體會的，身體的某部分被強制切斷，明明有個生命在我們體內，卻擅自切斷了他的一切這種空虛。

很無力的空虛。

回到病房後，佳薰醒過來，我拿著醫院準備好的湯藥，讓她一口一口慢慢地喝下去。

她邊喝，眼淚邊滴進湯裡。

她一句話也沒說，喝完湯休息了一陣子，就蒼白著臉毅然決然地站起身說：「走吧。」

攙扶著她走出門外後，她拉開我的手，微笑著對我說：「謝謝妳。」然後自己往前走。

我知道，在佳薰的心中，有某部分的自己，已經跟隨著孩子死去，永遠也不會再回來了。

踏出醫院，明明是陽光普照的天氣，我卻覺得好冷。

佳薰只請了兩天假在家休息，接著又馬不停蹄地開始上班、奔波。

還是一樣去夜店，甚至比以前玩得更瘋了。

這幾天我不敢離開她的身邊，總是在她喝醉之後送她回家，她用這樣的方式麻痺自己的痛覺，她什麼都沒有再說一句，卻在喝醉了回家之後坐在地上淚流不止。

這樣的傷痛，只能等時間過去，才能稍微不那麼痛。

每次都等佳薰睡著之後才離開，看著她的側臉，總是覺得很難過，心裡也總是因為自己的傷而隱隱痛著。

我們，到底為了什麼要因為愛一個人而這樣受苦？

08

轉眼間，喜帖上的時刻逼近到兩小時內。

我已經化好妝換上前幾天剛買的白色緞面小禮服。

為了今天，我還咬牙買了個 LV 手拿包，只是希望替自己的寒酸自尊壯壯膽。

坐在鏡子前，細細地修著自己的妝，心裡面有的情緒，竟然是期待，好期待看到陳元安見到我的表情，會是怎麼樣呢？

經過那晚的談話，我總覺得心裡還有絲希望，覺得他或許也明瞭了我在他心裡的位置，雖然是婚禮，雖然一切好像已成定局，但只要他心裡還存有對我的感情，或許我就可以獲得一點點救贖。

我想知道截然不同的前女友出現在面前，他會有什麼反應？

即便是看見一點點後悔，一點點眷戀，我都覺得安慰。

覺得自己病了，開始不知道自己在想些什麼。

只是不斷地告訴自己要呈現最好的一面。

搭車前往的路上，強忍自己忐忑的心情，越靠近餐廳，心裡就有種壓迫感，重重地壓著心臟，感覺越來越喘不過氣。

等下真的要見面了，他會怎麼想？

到了宴客場地門口，負責收禮金的人是元安的表妹，我們是見過的，不知道她還記不記得我？

「恭喜。」我遞出紅包袋。

表妹抬頭看了我一眼，然後尖叫起來。「言夕姐！」

「嗨，好久不見。」我笑著回應。

因為時間還早，人潮不太多，表妹把事情交給旁邊另外一位女生，拉著我手到旁邊小聲地說：「陳元安寄喜帖給妳喔？」

「嗯。」我點頭。

「天啊！他要不要臉啊，竟然敢寄喜帖給妳，跟妳說喔，他現在要娶的女人一副大小姐樣，對我們頤指氣使也就算了，竟然還嫌未來公婆寒酸，話說得有夠尖酸刻薄，元安哥怎麼會喜歡這樣的女人啊好恐怖。」表妹一副渾身發冷的嫌惡樣。「妳知道她竟然開價聘金一百二十萬，怎麼有那個臉，以為自己真的是千金大小姐嗎？」

她真的是大小姐，是不是千金我就不知道了，雖然想這樣回答，但想想還是忍下來，只能笑笑拍拍表妹。「她應該也有她的優點，不然元安不會選她。」

「不可能的！我看他是被下降頭了！竟然敢搞劈腿？！而且還敢娶這個跟妳相差十萬八千里的女人，真是……哼。」

「妳知道？」我有點驚訝，為什麼這種消息會傳出來？

「還不是那個女人自己講出來的，說什麼她從妳手裡搶走了陳笨蛋，這種寡廉鮮恥的事情也可以拿出來炫耀，我看她真的是假千金、沒腦子、沒水準、不衛生……」表妹講得表情猙獰，我看了心裡多少覺得安慰。「好了不聊這個女人，言夕姐妳變得好漂亮，我剛剛差點認不出來耶。妳以前都不化妝，素素的，想不到現在完全不一樣了。」

「對啊，最近才學會的。」

「好厲害喔，下次教我。」講完這句，表妹突然臉色一正，低聲地問我：「妳……妳還好嗎？雖然相處機會不多，但我一直很喜歡妳，也覺得妳真的是很棒的人，只是陳笨蛋這次真的昏了頭……」

「我還好。」勉強擠出笑容，今天絕對不能哭，要堅強！要堅強！不斷地催眠自己。

「真的吼，妳不要裝堅強，真的難過，我可以陪妳。」表妹從口袋拿出名片。「這是我的名片，真的難過，打給我沒有關係。」

我拿著名片，突然覺得窩心。

「今天這場合一定要準備名片的，看到順眼的男生就發放一下。」表妹天真可愛地笑著，讓我也想起當初天真的快樂。「好了，我先回去忙。」人開始多起來，表妹趕緊回去幫忙。

把名片收進皮包裡，慢慢地走進會場，這本來應該會是我和元安的婚禮，本來應該會屬於我的幸福，現在全是別人的。

環顧四周，這些燈光，這些鮮花，或許交給我來籌備會更好。

「借過。」旁邊一個男生突然出現，我閃了一下結果撞到椅子。

「不好意思，」那男生抬起頭看著我。「妳是言夕？」

「啊！大毛！」我開心地笑出來，原來是大學時跟元安還不錯的朋友，因為很好，所以也常一起出去遊山玩水。

「走走走，我們坐那邊。」大毛拉著我往前走，帶我到大學同學的那桌，已經有幾個同學聚集在一起聊天，他們看見我都不約而同地大叫，問我「怎麼變漂亮了？」「是不是整型啊」。

因為場合特殊，大家都絕口不提我跟陳元安的過去，也沒有關心我們怎麼了，只是開心地聊著過去上課的糗事跟一起出去玩的回憶，面對這些貼心，我心裡其實是有些感動的。

或許大家只是不敢問，心裡卻充滿了好奇，但這樣的行為對我來說已經是體貼，我在心裡悄悄地謝謝大家。

大學時候的我，其實很少有時間跟大家相處，大部分都是上課時間遇到，很多晚間的活動都因為元安而不能參加。

想想也是可惜，但大家現在熱絡地跟我聊天，遞名片給我，讓人覺得好溫暖，畢業出社會之後很少聯絡的同學們，原來不會因為時間和距離有所生疏，一見面，還是聊那些美好的回憶。

以後要常跟他們聯絡才行，反正也只有我一個人了，沒有人管我想往哪裡去，想做什麼，擁有一個人的自由。

跟完全的空虛。

聊著聊著很快就到了新人進場的時間，我們這桌剛好就在新人必經的路線上，本來抱著點惡作劇心態的自己突然開始緊張起來，想著自己今天真的好看嗎？元安會看見我嗎？他會跟我打招呼嗎？會對我露出久違的笑容嗎？

燈光緩緩地熄滅，只剩一盞燈照著入口處，而新人，就站在門的另一端，這時我的心跳開始慢慢加速，我死死盯著那扇門。

我希望門不要打開，或者打開之後沒有看見新郎，或許元安並不想結婚，所以在婚禮當下離開了，如果是這樣，狀況又該如何呢？

終於，門從中央緩緩地向兩側打開了。

殘酷的現實最後還是會出現在眼前。

一身白色西裝的元安、穿著華麗白紗禮服的歐陽蔚，他們兩人臉上帶著甜蜜的笑容，在音樂聲與眾人的掌聲中一步一步緩慢地前進，大家邊祝福撒著玫瑰花瓣，音樂是悠揚的婚禮進行曲。

他們往前進的每一步，對我來說都像踩在我的心上般疼痛。

那代表著我的人生一步一步地遠離幸福，他們的幸福是建立在我的痛苦上，建立在背叛跟欺騙之上，這樣的幸福是真的幸福嗎？

顫抖地拿著手裡的玫瑰花瓣，看著他們往我的方向慢慢前進，隨著元安越靠近我，我的心跳就越來越快，視線也越來越迷濛，我拚命告訴自己不要哭不准哭絕對不許哭。

再差一步，他就來到我身邊了。

吞下那些眼淚，揚起手上的花瓣撒向天空，看見元安眼神往我這裡飄過來。

他看見我，先是一愣，應該繼續前進的腳步居然停下了。

就幾秒的時間，卻像幾世紀那麼漫長，他看著我說：「言夕？」

看著他的表情，我眼淚最終還是奪眶而出。

「祝福你，希望你幸福。」言不由衷地說出這句話，看著他的眼神閃過許多複雜的情緒，嘴巴張開像是想說什麼，卻又徒勞無功地閉上。

場面有些怪，婚禮進行曲仍在演奏著，元安卻在一個女人的旁邊停下腳步，全部人的視線都往這裡看過來。

我跟元安對望著，接著我說：「去吧，往前走。」

歐陽蔚臉色稍變，拉著陳元安往前走，他才如大夢初醒般繼續移動腳步往前走。

只是大家的眼光都往我這裡狐疑地看著，大學同學們看著我的眼淚，默默地遞上面紙。

還好沒多久，菜餚就開始一道道地端上來

幾道菜吃完，到了新人敬酒的時間。

歐陽蔚換上了粉紅色的禮服，拿著高腳杯和元安一桌一桌敬酒，她臉上的幸福讓我莫名其妙地覺得刺眼，這些幸福都是搶來的。

同學們有個慣例，把很多飲料跟菜湯混合成一大杯「新婚祝福酒」。

當新人來到我們這桌，同學起鬨著要元安喝下那杯，元安狀似不經意地看向我，我避開了他的眼神，看著自己的杯子。

在大家的簇擁之下，元安喝了那杯混合了紅酒、威士忌、啤酒、雞湯、芡汁、蒸魚醬油、蕃茄醬、芥末……等材料的新婚祝福酒。

他表情裡所呈現出來的五味雜陳，我假裝當成那是他對這段婚姻的態度。

我非常矛盾地既希望他幸福，又希望他不幸福。

他離去之前看了我一眼，我把那眼裡的遺憾當成告別。

不想最後跟他們一起合影留念，這種痛苦的記憶不需要留念，現在的我，已經不是站在他身邊的那個人了，我找不到自己的位置，不知道該跟誰一起笑著留念講這場婚宴。

於是藉著上洗手間補妝之便，偷偷逃離了會場。

不知道為什麼，來到的地方是大安森林公園，或許在這樣令人窒息的空間，只剩下這裡，可以讓我安心地呼吸。

慢慢地沿著公園裡的步道走著，高跟鞋噠噠噠的聲音迴響著，四周的人們有的散步、有的跑步，有的跟愛人一同牽著手微笑著，而我……

只是不斷地掉眼淚，哀悼我死去的愛情。

我堅強不起來，我不想堅強，我什麼都不想管，我想倒下，可以嗎？

此時，手機響了起來。

是吳齊森，他還是一樣的語氣，問我：「出來嗎？」

於是告訴他我的所在位置，沒多久他就出現在眼前，跟著熟門熟路的他去附近巷子裡的居酒屋陪他吃飯聊天，他看起來瘦很多，臉色也比較憔悴，但還是一樣談笑風生，還是習慣貼著人說話。

只是我現在突然對他的這種動作免疫了，也不會再感到臉紅心跳，連自己都不知道為什麼。

吃飯中途，他有幾度停下筷子。

「怎麼了嗎？」我問他。

而他只是搖搖頭，慢慢地再把東西吃進去。

隱約覺得不對勁，卻也沒問他。

吃完飯後只是沿著路隨意亂走，邊走邊聊天。

一路上有一搭沒一搭地聊著，沒多久吳齊森按住腹部蹲在地上。

「怎麼了？」我趕緊問他。

他沒有回答我，只是一臉痛苦。

我趕緊叫計程車送他去醫院，到了醫院一檢查，是胃潰瘍。

望著躺在病床上的吳齊森，臉色煞白煞白。「你喔，忙到什麼地步，都沒吃飯沒休息的嗎？」

「最近不知道為什麼總是胃痛，也就很少吃東西。」

「已經生病還不好好吃飯。」

「妳又不陪我吃飯。」他轉過頭，小小聲地說著。

想起那幾天他打給我的電話，想起那天下班後去他店裡所看見的狀況……

其實，我們都只是孤單的人在尋找慰藉。

如果能讓彼此都覺得溫暖，為什麼不能互相依偎呢？

或許我們不能當情侶，不能在一起，但可以當互相取暖的朋友也無傷大雅。

我靠近他，靠在他身旁的枕頭上：「好啦，以後都陪你吃飯。」

「騙人。」

「不騙你，只是你要把身體養好才行，我可不喜歡老是吃清粥小菜。」

吳齊森露出笑容，一臉撒嬌的樣子。「妳說的喔。」

年紀小的男生，總有一種年輕的任性，有時候會覺得有種被需要的溫暖。

我已經知道自己那種悸動並不是喜歡，只是一種肉體上的反應，這樣的反應曾經讓我迷惑，不過現在經過了許多磨練，也開始變得比較無感。

能真正讓我哭泣的人，現在已經是別人的老公了。我沒有資格，也沒有任何一丁點理由可以要回他，要回我的愛情。

這一切，包括我自己，都只能隨著時間慢慢死去。

但我會記得有這麼一個人，因為我不在，所以變得這麼憔悴，連飯也不吃，這樣想起來有種莫名的憐惜感。

病床旁的點滴，一點點一點點地注入吳齊森的身體裡，過沒多久，他因為疲倦而閉上眼睛，我看著他長長的睫毛因為睡得不安穩而顫動著。

我趴在他旁邊，輕輕地唱著歌。

唱的是很久很久以前，當我晚上做惡夢不敢入睡時，媽媽替我唱的搖籃曲。很簡單、很樸實的歌詞，但就是擁有令人安心的力量，小時候以為是歌讓人沉靜下來，長大之後才瞭解是因為人。因為唱歌的人是我深信的人，所以才能安心睡去。

吳齊森的嘴唇沒什麼血色，慘白的一張臉，讓人感覺很想照顧他。

女人天生帶有喜歡照顧人的成分這點，我想應該不是假的。

看著他的臉，總忍不住覺得心疼。

慢慢地替他唱完歌，自己經過這天的許多事，突然也覺得疲倦。

看著他熟睡，所以留了紙條在他床邊便悄悄離開。

□

走出醫院，回頭看著夜晚閃著紅色光芒的急診室，想起另外一個人。

撥了佳薰的電話，響了很久後她接聽，轟地就聽見震耳欲聾的音樂，講話不清不楚，想想該不是又怎麼了吧。

甩甩頭，甩開那些疲倦的感覺，好不容易問清楚了她在哪裡，趕過去，發現她正坐在小開的大腿上，跟小開熱情地親吻著對方。

我當下心頭一把火起，面無表情地走過去拉過她，她不太願意跟我走，卻被我死拖著往外。

到了洗手間，佳薰甩開我的手，一臉不開心地瞪著我說：「幹嘛啦？」

「幹嘛？妳沒忘記幾個星期以前的事情吧，那時候妳下了什麼決心，妳沒忘記那天的痛楚吧，為什麼現在還要重蹈覆轍？」我的情緒突然激動起來。

「什麼叫重蹈覆轍？我又去醫院了嗎？」佳薰也不甘示弱地問我。

「妳——」我說不出任何反駁的話，也不知道自己為什麼會這麼生氣，我是因為她又回去找小開才這麼生氣，還是因為她跟本沒有從中得到教訓呢？

那個小孩，是一個生命啊。

身為媽媽的人，怎麼可以忘記那樣的痛楚，然後繼續張狂地跟那個扼殺小孩生命的爸爸談著風花雪月的戀愛呢？

「說不出話來嗎？那就不要管我。」佳薰轉頭就走。

「好，我不管妳，以後再也不管妳。」我看著她的背影大叫，氣沖沖地走出去攔了計程車回家，心裡暗自後悔為什麼要擔心她，也恨自己多事，都顧不好自己了為什麼還要擔心別人。

想起她手帳裡的信，想起她那麼珍惜非洲兩個孩子寫來的信，卻在扼殺自己的孩子後毫無悔意地活著，越想越覺得難過。

撫著自己的腹部，想起很久之前這裡孕育著的小生命，還是覺得很對不起他，當初應該拚著命把他生下來，哪怕世界上所有人都反對，都應該要生下來。

那至少現在我的生命裡，還有一個人值得我珍惜，還會有一個人陪著我。

還能知道怎麼去愛人。

我的孩子，媽媽對不起你。

人世間真的有很多很多不同的際遇，而我們都陷在其中，想抽身也抽不開，只能跟著漩渦不停地轉啊轉，轉啊轉，直到被吞噬為止。

□

往後幾天，自己彷彿都像行屍走肉一樣地活著，白天就睡覺，下午醒來，化了妝就在熱鬧的地方閒晃，要走在人群中，才感覺到自己活著，才不會被那無止盡的寂寞包圍。

接近深夜時段就走進夜店，任由那些音樂轟炸著自己的感官，比起胡亂思考，或許不能思考會是比較好的選擇。

有時候一個人喝酒，有時候兩個人喝酒，有時候跟人相擁而舞，心情好的時候也和人耳鬢廝磨，在夜店裡的一切，好像是演戲，離開店裡之後，人就跳離那個角色。

用那些一時的激情來治療傷痛，但缺點是那些激情就像麻藥，必須要用越來越多的量才能治癒相同的痛楚。

不知道什麼時候，這些痛苦才會跟隨著時間遠去。

又想起佳薰，不知道她現在怎麼樣。

不知道為什麼，心裡總記掛著她，明明是很久沒見的朋友，明明以前也不太熟，但總想著她，我想在某部分她解救了我，從那天她關心路邊哭泣的我開始，或許我就欠她。

欠她謝謝，也欠她抱歉。

其實再回想一下，當天我的反應是不是過度呢？

要談怎麼樣的戀愛應該是她的自由，我無權干涉，每個人都有追求愛情的權利，即便知道會遍體鱗傷，那也是她的自由。

所以有飛蛾撲火般的愛情，有犧牲奉獻的愛情，這些愛情在外人的眼裡或許離經叛道，或許嗤之以鼻，但對身在愛情裡的人來說，任何一點點回應，都是令人心神蕩漾的美麗。

我對自己的愛情失望，選擇在這些回憶裡痛苦，並不代表經歷過一樣事情的佳薰也要跟著我一同贖罪。

或許是這樣。

我不應該拿自己的過去當枷鎖，強硬地要佳薰套上我的罪。

想開了之後好像也就比較釋懷點。

點了一杯威士忌，最近喜歡烈酒的味道，溫純渾厚的感覺，滑下喉嚨後熱辣辣的。

以前從來沒想過自己會喜歡這種味道。

就像以前從來沒想過會跟陳元安分手，沒想過自己會跟其他男人曖昧，沒想過自己有天竟然要參加陳元安的婚禮而新娘不是我……，但這些都發生過了，還不是過著一樣的日子，太陽升起又落下，沒有因為我的人生很痛苦，就讓時間過得快點或慢點。

世界很公平，花了多少時間談戀愛，或許就要花多少時間忘記那個戀愛吧。

以前的自己，每天工作，想著要存錢跟元安結婚，想著以後的生活，在哪裡買房子，生幾個小孩，所有的生活都以元安作為圓心畫出一個未來。

現在的自己，白天睡覺，晚上去夜店瘋，喝以前不喝的酒，聽以前不聽的歌，跳以前沒機會跳的舞，和剛認識的男生互相擁抱、親吻，生活日復一日，沒有工作，存款越來越少。

但好像沒有比較快樂。

好像也沒有從那些回憶中走出來一些，好像沒有多忘記一些，反而越來越清楚了，怎麼回事呢？

喜歡擁抱，喜歡親吻，喜歡男生散發出淡淡的香味。

不斷地想要在眾多的擁抱中尋找一種讓人安心的感覺。

但總是失望。

在夜店，總是無法真的放開身心去玩，在最後關頭當了縮頭烏龜。才發現原來玩也沒有想像中容易，不是在舞池裡摟摟抱抱就可以滿足對方，而我總是缺乏勇氣踏出最後的一步，一次也沒有。

用盡各種藉口來告訴自己，是因為我自己不喜歡對方所以才不願意。

但是，我無法面對回家之後自己坐在書桌前，看著不願意丟掉的兩人合照，腦中浮現的畫面。

自己心裡清清楚楚地知道，只要踏出那一步，我就再也回不去元安的身邊了。

有時候我覺得自己很賤，人家都已經結婚了，開開心心地在我面前結婚了，我還在妄想什麼？還在期待什麼？

但那天的電話內容總是不斷地在我耳邊重複著他輕柔的問候跟聊起過去時輕快的音調，雖然累我們依舊能對話到早晨的溫馨。

我很想念他。

我真的，很想念他。

□

有沒有什麼方法，可以讓時間回到過去，或許回到過去，還可以來得及阻止現在的一切發生。

每次回到家卸完妝，洗去一身疲憊之後，就是呆呆地坐在電腦前，看新聞看網拍看奇奇怪怪的事情。

總是無法順利入睡。

看過醫生，醫生開的總是鎮靜跟安眠的藥物，吃下去之後人雖然會變得昏昏沉沉，但還是睡不著。

看著指針，半夜三點，總是這樣醒著看見天亮，才能感覺到累，那時候吞下安眠藥，也終於能睡著。

醫生問我為什麼害怕夜晚，其實我也不知道自己是害怕夜晚，還是害怕在夜晚入睡。

可能怕如果睡太熟會接不到元安半夜打來的電話吧，我自嘲。

還會打來嗎？現在新婚的他，會想到我嗎？我想應該不會了，這麼長的時間內只來過一通電話，或許那天剛好跟女朋友吵架所以心情不好打來找我，現在我算什麼呢？明明曾經在一起那麼多年，卻一夕之間煙消雲散，剩下的，只有醜陋的事實。

我到底會變成什麼樣的人呢？

現在已經不敢想未來，也不敢想愛情，只要能醒來，就過一天算一天吧，誰知道明天會怎麼樣呢？

手機突然發出振動的聲音，沒有顯示來電號碼。

半夜會有詐騙集團嗎？

小心翼翼地拿起電話，因為知道自己在期待什麼，心跳突然間開始變快。

「言夕，是我。」是元安，是還在叨叨念念的元安。

拿著手機，坐在桌子前直直盯著電腦螢幕，他熟悉的聲音再次傳進耳裡：「是我，睡了嗎？」

「還沒。」

「為什麼還不睡？」

「為什麼要問？」我反射性地回答：「關你什麼事？」

電話那端沉默了很久，我的心開始糾結在一起。

接著他嘆了很長的一口氣，非常緩慢地說：「抱歉，我讓妳傷心了。雖然過了這麼久才來問妳還好嗎感覺很不好，但是我真的還是很關心妳，希望妳過得好。」

「怎麼會好呢？」我苦笑。明知講這樣的話會把自己推向地獄，我還是忍不住說：「經過你給我的這些試煉，我怎麼可能會過得好呢？」

元安又停頓了一下：「其實……從結婚後到現在我也一直都不能睡，只要一閉上眼睛就會想到妳，想到妳曾經為我們的未來所付出的努力，想到我曾經做過那些傷害妳的事情，常常越想越難過，我不知道自己是怎麼了，真的很抱歉。」

「現在才說抱歉，不會太晚嗎？」

「或許是太晚了，但晚到總比不到好，這陣子我不斷地思考，究竟自己當初是怎麼了，為什麼會做出那些錯誤的決定。」

現在稱呼那些事情為「錯誤的決定」了嗎？為什麼男人總是不懂得珍惜？我冷冷地開口：「為什麼？我想應該是年輕的肉體讓你一時之間沉淪了吧。」

「……」他沉默，我當成默認。

「對了你結婚那天我有事先走了，不好意思。」

「別挖苦我了，言夕。我根本不知道妳會來。」

「不知道？帖子都寄到我家裡來，我能不去嗎？大學同學個個都知道我們的過去，但沒有人敢問我，你知道那種膽戰心驚的感覺嗎？只有那天，我在人群裡覺得自己特別孤單，為什麼？那應該是我的婚禮才對啊。」

「言夕，真的……對不起。經過這些日子，我才發現自己還是忘不掉妳，才知道原來妳是我生命裡最重要的女人。」

這下子我不知道該怎麼回答了，我一方面想義正辭嚴地拒絕他，告誡他他現在是個有婦之夫，希望他腦袋清醒一點，回去陪歐陽蔚吧。

另一方面，卻想哭著抱住他，說我也沒有忘記過他。

我還沒回答，元安的聲音繼續說著：「當初沒有好好思考，現在只覺得好難過，常常想起過去的我們。這陣子的生活讓我好痛苦，每天都吵架，每天都不開心，每天都有好多懷疑跟質問，我快被逼瘋了。有時候靜下來總是想起以前妳的好，才發現妳不是不陪我，而是體貼我，讓我擁有自己的空間，我現在才發現，對不起。」

我該怎麼回答他？難道要恭喜他想開了？還是要他快點離婚回到我身邊？因為迷惑，所以我不斷地沉默著，電話中只聽見我們彼此的呼吸聲。

「那天看見妳，妳改變好多，變得好漂亮，頭髮長長了，但是瘦太多，是因為我的關係嗎？我真的很想妳，很想再見妳一面，再一次擁抱妳……再一次聽妳說妳很愛我，妳真的很愛我……」元安一直說個不停，他的聲音有些哽咽，接著沉默了幾秒鐘。

想張開嘴至少給句回應，卻說不出任何話。

「言夕？」

聽見他的叫喚，我慌亂地把通話切斷。

怎麼辦？怎麼辦？

眼淚無聲地流下來，這些話，來得已經太晚了。

你已經結婚了，屬於另外一個人了啊，我再笨，也知道所謂結婚之後的責任是怎麼回事。

為什麼現在才說這些話？

已經太晚了。如果這一切能夠早些發生，或許我們還可以走回那些從前，但現在的狀況已經不只是喜歡不喜歡這樣簡單的是非題，而是對方已經受到法律的保護，而我呢？只是什麼都沒有的人。

什麼都沒有。

09

掛掉電話之後，元安又撥了一通，我不敢接，真的不敢有所回應。

腦袋很混亂，不知道該怎麼辦才好。

怕自己一旦走錯某步路，就會陷入萬劫不復的地獄中。

越想越混亂，等到陽光張狂地投射進房間，才發現已經早上十點了，我吞了兩顆藥試圖讓自己穩定下來，迷迷糊糊中，好像撥了電話給佳薰。

「佳薰，他說他忘不了我。」電話一接通，我就這麼說。

「誰？什麼？」佳薰先是一陣狀況外，但大概回神後想起來。「什麼？那混蛋嗎？」

「嗯。」我無助地承認。

「妳回答什麼？」佳薰問完這句話之後，又馬上接著說：「算了不要回答，我怕我會氣死。一個小時後，我公司樓下那家簡餐咖啡見。」

不給人一點思考反應的空間，佳薰迅速而果決地收線。

沒多久，電話又響起，還以為是佳薰打來耳提面命，想不到一接起，竟然是那個讓人混亂了整夜的聲音。「早，言夕。」

「不早了。」

「嗯，我想說讓妳多睡點。」

幾十秒的沉默之後，他清清嗓又問：「妳還好嗎？」

「能怎麼樣呢？」我淡淡地回答，是啊能怎麼樣呢？這時候對我說這些又能代表什麼？

到底是為了什麼要這樣糾纏著我？為什麼不讓我一個人乾脆痛到不會痛就好呢？

「言夕，中午要一起吃個飯嗎？」

「不好意思，我剛剛吃了藥，現在要睡了。」聽著他小心翼翼的口氣，我突然又覺得自己有點軟化。

「睡得著嗎？好羨慕，那，妳可不可以分些藥給我，讓我也好好睡覺，不要再被這些事情折磨了，我好累。」

摀住自己的嘴，不讓自己透露出動搖的意志，雖然內心很想答應他，但現在我們已經跨越不過那個殘酷的事實了，他已經結婚，在法律上有對歐陽蔚負責的義務。「你找你老婆要吧，我不想再說了。」

「言夕……」他還想說些什麼，但我匆忙地把電話掛掉，不想再聽他的聲音，怕多聽幾次，自己薄弱的意志力就要崩潰，接著就任他擺佈。

腦袋滿滿地裝著混亂的情感，出門搭上車，到達佳薰公司樓下的簡餐店，進去的時候佳薰還沒來，但店裡已經有許多客人，悠揚的爵士樂在寬敞的空間裡迴盪著，空氣中有非常誘人的義大利麵香味，讓人忍不住覺得飢餓起來。

也才想起來自己有多久沒有好好地吃一頓飯。

想起他說的話，心裡還是很難過。但我知道已經太多次了，任由他主宰自己的情緒，自己的人生，到最後任由他毀掉我的人生，現在的我已經不能夠再讓自己犯下錯誤。

理智上清清楚楚地這樣知道，但……卻無法不擔心他語氣中那種溫柔的絕望。

為什麼到現在才後悔呢？為什麼不在婚禮之前後悔？
現在的我們不是可以理直氣壯地走回頭路的身分。
「清醒點！」耳邊突然出現熟悉的聲音，佳薰拿著她的手機，冷不防地敲我頭。「不要再被騙了。」
「什麼？」我嘟囔著。
看著佳薰俐落地坐下，看也不看菜單就把服務生叫過來點餐，然後一雙美麗的大眼睛盯著我。「妳點了沒？」
我搖搖頭，佳薰隨即又點了另外一份聽起來很棒的餐點。
「好啦。」服務生離開之後，佳薰好整以暇地問我：「那白痴現在來說後悔了是嗎？」
這句話讓人一點反駁的餘地也沒有，我只能默默地點頭。
「妳心軟了是嗎？」
這句話也確實讓人心裡發冷，但我還是微微地點頭。

「那妳現在打算怎麼辦呢?回到他身邊然後等著被抓包告上法院嗎?」佳薰非常冷酷地點出了這整件事情的重點。

「但我只是——」

「只是什麼?」佳薰毫不客氣地打斷我:「妳要搞清楚,不論你們以前愛了有多久,不論那女的是怎麼搶走妳男友,他們現在都已經結婚了,結婚妳聽得懂嗎?結婚就是法律已經保障了那女人的權利,妳如果膽敢跟她老公發生什麼,她可以告妳,這就是法律。更何況當初那混蛋可以這樣對妳,難保他不會再這樣對妳一次,妳真的以為人會改嗎?告訴妳,死性不改這句話不是假的,妳眼前就有一個活生生的例子,不要再重蹈我的覆轍了。」

「妳?」

「唉不提也罷,反正之後我跟那小開又糾纏了一陣子,他一直說會補償我會愛我,最後還不是跟年輕辣妹當我面摟摟抱抱又喇舌,我後來才痛定思痛,人啊,都要到了生死交關的那刻,才會發現有些事情其實都是虛幻的,感情虛幻、快樂虛幻,只有自己是真的,想通了之後就會覺得自己過得好點比較重要,不要再去為別人牽腸掛肚，不要讓別人牽著自己鼻子走，不是很好嗎？」佳薰慢慢地攪動眼前的濃湯，口吻也變得沉重。「我問妳，妳要過那種遮遮掩掩見不得人的日子嗎？」

無言以對。

停住的當下我以為自己聽進去了，但沒想到自己腦袋中出現的竟然是想要反駁的話，想要反駁關於那婚姻的一切，那是不應該有的婚姻啊，原本他是要跟我結婚的，是歐陽搶走了他，都是歐陽的錯不是嗎？現在他好不容易想通了要回到我身邊，這有什麼不對？為什麼要阻擋我們在一起？

我瘋了。

或許徹頭徹尾地瘋了。

□

那天深夜再度接到元安的電話，噓寒問暖了幾句之後，他突然說：「我知道自己很過分，或許也不值得妳原諒我，但是我現在真的好想妳。可不可以請妳，等我？再等我一陣子，讓我回妳的身邊好嗎？對不起，對不起……」

我忍住許久的眼淚忍不住潰堤，用顫抖的聲音問他：「為什麼現在才說這些？」

「我也不知道。」電話那端的他也哭泣起來。

或許我們都需要回到過去的力量，來彌補這些已經造成的錯誤。

就這樣兩個人面對著電話哭泣，最後兩個人都抵擋不住想要見對方的渴望，大半夜的隨便約了個地方，見了面就互相擁抱，像受傷的野獸互相舔舐傷口，在擁抱跟擁抱間的喘息中，好像找到了過去缺少的激情，那些火花在一瞬間燃燒成熊熊的大火，讓我的世界戰火連天地燃燒了起來。

我捧著他的臉頰，激動地靠著他的額頭，不斷地哭泣，卻又不斷地微笑。

「我好想你。」

「我也好想妳。」

重複著這些甜膩膩的話語，好像永遠也不會厭煩一樣，我們化成了青少年，回到了那些相愛又熾熱的過去。

所有的理智在一瞬間燃燒成灰燼，那些兇猛的火焰，延燒到彼此的心裡，那瞬間我們再沒有顧忌，讓自己成為罪惡的代名詞。

掙脫了道德的束縛，掙脫了那些環繞著的思緒，此刻，只讓情感主宰我自己。在交纏的肢體中，找回了歸屬。

原來只有元安的懷抱，才是可以讓我安心沉睡的地方。

當清晨的第一道陽光灑進房間裡，我才發現自己睡得那麼好，這幾個月以來睡得最好的一次。

元安沉睡的臉龐還在身邊，這種幸福的感覺，像毒品一樣讓人上癮卻又擺脫不掉。

靜靜地坐在床上，想著昨夜，極度想要回到他身邊的渴望終究戰勝了理智、戰勝了道德、戰勝了所有一切。

但我這樣，是贏了嗎？

元安的手機螢幕一閃一閃，我連看都不敢看。

心裡的罪惡感悄悄地竄出來，但又想起過去歐陽也是這麼對我，她的心裡有掙扎過嗎？

依照她的個性應該從沒有掙扎過，而是直接了當地行動了吧，我想。畢竟她沒有任何包袱，輕飄飄的道德觀，瞬間就飛散到空中消失無蹤。

我起身到浴室梳洗，不讓自己多想，現在快樂，就是快樂吧。不要去想什麼未來，踏出門之後，就忘記昨夜的一切。

打開包包，拜佳薰的教育之賜，現在隨身都帶著化妝品跟道具。

「以備不時之需啊，妳怎麼知道會不會跟男人去旅館，隔天他醒來之前妳一定要化好漂亮的妝，讓他不要被素顏嚇到，這也是一種道德啊。」想起那時候佳薰對我的耳提面命，當下怎麼都沒有覺得很重要呢？一直到了今天養成習慣，突然想起佳薰說過的話，在某種程度上影響了我對人生的態度跟觀念。

迅速俐落地化好妝後，看著鏡中仍有些微腫的雙眼，仍沒忘記昨夜那樣的哭泣與激情，這一切……

終究還是錯誤嗎？

「醒了？」元安不知何時醒了，揉著惺忪的雙眼，帶著微笑問我。

「嗯，早安。你也該起床回家了。」

「妳好美。」元安起身給坐在床邊的我久違的早安吻。

之後他下床，看見床邊的手機畫面在閃，拿起手機就走入浴室，但浴室是開放式的，我仍能聽見他的聲音從裡面傳出來。

溫柔的，軟綿綿的嗓音，小心翼翼的語氣。「嗯，跟朋友喝酒太醉了所以在附近旅館睡覺……嗯抱歉寶貝，下次不會讓妳擔心……妳今天要去哪裡？我等下回家接妳？」

我突然站在原地，不知為何地抽痛起來。

那樣的語氣，不是對他口中「常吵架的妻子」應該有的吧，那樣寵溺的口氣，那樣的溫柔……

突然對昨夜的自己生起氣來。

聽見元安洗澡的聲音，讓人更是一肚子怒氣無處發，索性包包一抓離開房間。

故意將門甩得大聲，期望他會衝下樓到車庫抓住我的手，對我說那樣的溫柔那樣的語氣都只是騙局，只是……

但直到車庫門關上之後，他都沒有出現。

離開旅館之後，我突然不知道自己在做什麼。

就這麼沿著長長的路，一直不斷地往前走，我突然覺得自己悲哀得連一點點尊重都不應該得到了。

□

直到晚上，電話一直都沒有響起。

我心裡的怒氣也越燒越火大，憑什麼呢？憑什麼這樣突然來攪和我的生活又突然消失？這算什麼？

然後約了吳齊森出來，電話中的他聽起來倒像是有幾分開心。

到了約定的地方，我帶著他進入最容易放鬆的地方：夜店。

「怎麼約這裡？」吳齊森顯然不太喜歡夜店震耳欲聾的音樂。

「開心啊。」我拉著他的手，對著他就是一個吻在他唇邊。

「妳今天怪怪的。」他勾著嘴角笑了。

我們牽著手往吧台走過去。

「我還以為妳今天這麼晚找我出來是想吃掉我呢，害我害怕了一下，還想著要不要答應妳。」吳齊森裝出一副無辜的表情。

我瞥了他一眼。「色魔。」

「有嗎？」他又犯規地靠近我，呼吸熱呼呼地貼在耳邊。「我記得妳是很喜歡我的聲音的啊。」

我笑著推開他。「但這裡有點吵，我實在聽不到你美妙又讓人著迷的聲音。」

沒多久我拉著吳齊森到舞池跳舞，他笨拙的舞步著實讓我不美麗的心情頓時明亮起來。

看著他為我勉強跳舞，我笑到肚子痛得無法繼續，回到座位上才感覺到手提包裡的手機振動，悄悄地打開皮包一看，是元安。

哼，這時候才打來已經太晚了。

我刻意按下通話鍵讓他聽見聲音，繼續跟吳齊森聊天。「你真的很不會跳舞耶。」

「我的手跟腳不是為了跳舞而生的，他們是為了其他的目的而存在的啊。」

「是什麼？」

「是……秘密。」吳齊森真的很愛犯規地貼近人三公分以內。「我以為妳知道的。」

「不知道。」我用右手擋住眼睛：「看不見看不見。」

左手則是悄悄地按下手機的掛斷按鍵，心裡面有種報復的快感。

怎麼，我過得很好，不要再來打擾我了。

「走吧，去吃東西！」我抓起包包往外走。

「這麼晚了還吃，妳年紀大了禁得起宵夜的摧殘嗎？身材要顧啊。」吳齊森嘴巴上不饒人，但好像很高興可以離開。

「少囉唆。」我給了他一個白眼。

「嘖嘖，一陣子不見，突然變得兇巴巴，這就是女人的真面目。」

吃了很古早味的清粥小菜之後，我們牽著手，漫步在東區的街道上，雖然夜深了但人潮還是一群一群地在街上漫遊。

「妳今天心情不好？」

「哪有？」

「女人總是口是心非啊，妳一直有意無意地看著包包裡的手機，想來是有什麼讓妳掛念的人要打來？」

一下子被赤裸裸地識破，心裡有點羞愧。「才……不是。」

「別裝了，我見識過的女人可比妳多上太多，妳這樣子的一點小伎倆，在我眼裡根本就是透明的，沒關係，我不介意妳找我出來的理由，我們是好朋友啊。」

「對不起。」我為自己的行為覺得羞愧。

「沒關係。」吳齊森一把將我擁進懷裡。「妳也過得很辛苦吧，一身的疲倦，不要把那些情緒藏起來，想哭可以哭。」

閉上眼睛，好像有些眼淚想流出來，卻又流不出來。

此刻我更感覺到自己的悲哀，排山倒海地席捲而來，原來我的作為只是像小學生爭不到玩具坐在地上哭鬧而已。

吳齊森不斷順著我的背，手指彷彿有魔力般，滑過的地方都感受到一股溫暖的力量注入身體中。

為什麼我不去尋找新的戀情，要在舊的過去中演那種「剪不斷理還亂」的爛戲碼呢？

難道我自己給了自己一個逃脫不了的牢籠，從此之後無法自由了嗎？

「不管妳正在想什麼，都放開吧。」

「你很適合當生命線的老師啊。」我貼著他的胸膛，悶悶地說話。

「難道是因為我讓人著迷的聲音嗎？」

「可能是吧。」

我就這麼靠在吳齊森略顯單薄的胸膛上，靜靜地呼吸，聽著他呼吸的聲音。

夜裡所有的喧囂彷彿都靜止，只有我跟他的心跳，緩緩地在鼓動著。

我到底，還想要抓著什麼呢？

□

回到家後我想著吳齊森說的話，慢慢地消化。

手機此時不斷振動著，我接起但沒有說話，另一端傳來的是元安壓抑的聲音。

「妳去哪裡了？跟誰去的？」

「關你什麼事？」我的怒氣因為這句話而點燃。「請問你是我的誰？」

「我……」那端元安彷彿從牙縫中擠出了冷冷的寒風。「妳就這麼需要，昨天跟我，今天又要找其他人嗎？」

「是啊，請問這又關你什麼事？這是我的生活，我愛怎麼過怎麼過。」我開始口不擇言。「你自己也不想想自己什麼身分，你是有婦之夫，憑什麼來約束我，管好你自己的老婆就好了！」

「妳怎麼會變得這麼下賤？！」

「下賤？下賤？」我不敢相信這是從我以前愛的人口中說出來的話。「既然你心裡對我是這種評價，又何必苦苦哀求我重新愛你？」

「我以為……」

「以為什麼？以為我還像以前一樣傻傻的，被你幾句話唬得一愣一愣嗎？以為你只要給我些許甜頭，我就會像哈巴狗一樣趴在你腳下繼續傻傻地等你來找我嗎？告訴你，我早就不是那樣的人了！我現在天天去夜店，天天跟不同的人上床，這樣你懂了嗎？懂了嗎？」我幾乎是用全身的力氣吼出這些話。「你管得了我嗎？你以為你是誰？」

元安切掉了電話。

我靠著牆壁滑落到地板上，這才發現自己有多難堪。

瘋狂地大笑，原來這愛情這麼可笑，我還以為他還珍惜過去的一切，我還以為自己在他心中仍然是我以為的自己。

誰知道一切都變了。

那麼不堪。

沒多久，手機又振動起來，按下通話鍵，我淡淡地說：「還要說什麼？」

「對不起。」

「我不知道這聲對不起有什麼意義。」

「對不起，我只是嫉妒得要發狂了，想到其他人跟妳……」

「難道我就不會想到你跟歐陽蔚做愛的畫面嗎？你以為我想到這些不會痛嗎？現在你知道不舒服了嗎？」我冷笑。

怎麼那麼自私。

「原諒我。」

「沒必要吧。」

「我現在去找妳。」

「不要，沒意義。」

「求妳原諒我。」

「我們這樣下去，能怎麼樣呢？」我終究還是軟化了，嘆了一口氣之後這麼問他。

「給我時間……」

「多少時間呢？」

「多少時間我不知道，但妳要給我時間啊。」元安講話語氣急了。

「放手吧。」

「我會盡快，好嗎？」元安講完就收了線。

剩下我一個人，在夜裡無法成眠。

天色漸漸亮了起來，但天空卻像籠罩著一層灰黑色的霧，那麼灰暗，什麼也看不清楚。

也反映了我的心情。

我到底，在追尋什麼？

□

日子在無盡的互相取暖、刺傷、道歉、和好之中不斷進行著迴圈，每次他接歐陽蔚電話的呢喃語氣總讓我憤怒，之後會有幾天不聯絡，我去夜店發洩心情，然後他疑神疑鬼地問我跟誰出去，發脾氣，罵我，接著哭泣著求我原諒，有時還會衝來我家在我面前跪下認錯。
我陷進了不會致命的流沙之中，死不了卻也脫不了身，就這麼日日夜夜不生不死地掙扎著，不知道人生的意義在哪裡，未來在哪裡。
而該來的事情，是會來的。
我接到了歐陽蔚的電話。「見個面吧。」
儘管知道要面對的事情不會簡單，還是硬著頭皮去。
甫見面，歐陽蔚仍然美麗一如以往。「我就不多說什麼了，妳要怎麼樣才肯離開元安？」
「我們沒有怎麼樣。」
歐陽倏地丟出一疊相片，每張都令人感到自己赤裸裸的無所遁形。
「是嗎？」她冷笑著看我，美麗的臉上有著怨恨。「妳還真是用盡心機啊。」
「說到心機，我怎麼比得過當時的妳呢？」
「但我終究贏了，最後跟他結婚的是我。」

「這叫贏了嗎?他沒多久就跟我說妳老是跟他吵架，老是懷疑他，他每天都過得好痛苦，說他懷念我跟他的過去，說他依然愛著我，甚至叫我給他一點時間處理跟妳離婚的事情。」我滔滔不絕地說著，不管這些話到底會引起什麼後果。

講完之後我彷彿看見歐陽蔚的臉上瞬間失去血色。「他……他這麼說?」

「我騙妳有好處嗎?」

歐陽蔚聽完之後連照片也沒收，就頭也不回地走了。

我看她狀況不太對，把照片收進自己的包包之後，就跟著她走出去，剛好看見歐陽蔚坐進自己停在外面的車裡之後，發動汽車就加速往馬路上衝。

「砰」地一聲撞上了正在等紅燈的車。

這畫面在幾秒之內發生，我還來不及震驚，就看見歐陽蔚的車子冒出裊裊白煙，被撞的人從車裡跑出來想質問怎麼回事，卻發現歐陽蔚在座位上昏迷了。

接下來的事情我記不太清楚，只記得自己不知道為什麼跟著到了醫院，望著頭上纏著白色紗布的歐陽蔚躺在病床上昏迷著。

走廊上響起一陣急促的腳步聲，接著房門被打開，元安一陣風似地衝進來。

看見我，先是一愣，接著質問我怎麼回事。

我一五一十地說出了今天會面後的點點滴滴。

元安越聽臉色越蒼白。「妳怎麼可以跟她說這些？妳怎麼這麼殘忍？」

「我殘忍？」我聲音高了起來。「到底是誰殘忍？」

「安安？」躺在病床上的歐陽蔚醒了。

元安一把推開我，飛奔到床邊。「妳還好嗎？」

「她說……」歐陽蔚指著我，眼淚撲簌簌地像電影畫面一樣美麗地掉下來。

「她說你會離開我？」

「不是這樣的，不是。」元安猛搖頭。「妳不要聽她的，她有妄想症，我不是告訴過妳了嗎？她一直都在妄想啊，她威脅我如果不跟她在一起，就要傷害妳，我為了妳才跟她去的，妳不是知道的嗎？」

我站在那裡，身體化成了冰。

接著我拿起了旁邊的花瓶用力地砸向陳元安，這個滿口謊話、擁有全世界演技最好的演員都比不上的演技的騙子！

「騙子！」我拿起手邊所有可以拿到的東西胡亂丟他。

陳元安用身體擋住歐陽蔚。「妳不要這樣。」

他衝過來抓住我的手，死拖活拖地把我帶到醫院外面。

我好不容易掙脫開來。「陳元安，我到今天才知道，原來這世界上最賤的人就是你！」

「妳聽我解釋……」他急急地抓住我的手。「聽我……」

我揚起手，用從來沒想過的憤怒，重重地甩了他一巴掌。

再一巴掌。

「一巴掌，打你的背叛！另外一巴掌，打你的欺騙、虛偽、謊言跟所有其他的一切！」

陳元安還是站在原地直直地看著我。「聽我解釋。」

「什麼都不需要說了，從今天開始我們一刀兩斷，再也不要有一點點瓜葛。」

「言夕……」

「不要叫我的名字！」我尖叫。「你這樣只會讓我覺得好髒好噁心！」

我隨手攔了台計程車，跳上去之後叫司機開越快越好。

從後照鏡看見元安追著車在跑，我卻覺得噁心。

這世界寒冷異常。

坐在冷氣不強的計程車裡，我卻渾身不能控制地發著抖。

我覺得自己好骯髒，活在那樣的謊言裡還沾沾自喜地以為自己被愛著，以為自己才是對方最珍惜的那個，原來我才是那個原本就該被丟棄的人。

我只是禁臠。

只是一個被虛情假意綑綁住了的禁臠。

車子不斷往前開，我卻大哭起來。

□

「散場沒？」

「什麼？」

「這部爛戲，演了這麼久，也該下片了吧。」佳薰邊刷著新的 UNT 指彩，邊這麼說。「不累嗎？」

哭了幾天之後，有天佳薰來我家對我說了這麼一句話。

就這麼一句話讓我突然間醒了。

是啊，這是一齣爛戲，但我可以選擇不要再演下去甚至不要看下去。

為什麼我執著於要在這部戲裡當主角呢？

為什麼為了這樣的念頭讓自己變成人人喊打的惡角呢？

那一瞬間，我突然清醒過來。

原來，我所追尋的不是愛，而是勝負。

而愛情，是無法用勝負來決定誰能真正地被愛的。

我，不論是輸是贏，都得不到元安的愛。

這就是最後。

10

那天之後，我沒有再見過陳元安，也不想再聽到他的消息。

把用了十年的電話號碼換掉，象徵性地展開新的生活。

只是有天晚上打開 Facebook 發現交友邀請，一看，是陳元安。

他在自己的狀態上寫單身，並寫了一封很長的信給我。

這封信我只看了開頭三個字：**對不起**。

然後就把信件刪掉，拒絕他的交友邀請，並且把他列入黑名單。

這部戲，已經結束了。

沒有人會願意再關心了。

雖然檔案照片看起來是同一個人，但在我的生活裡，他已經是個陌生人，我不想再節外生枝，把過去好好地埋葬起來，人不能一直活在過去裡。

陳元安跟我都沒有拿捏好自己的分寸，以至於弄到現在兩個人什麼都不是了。

沒有人可以回到過去，人一旦往前走之後就不會再留戀過去的風景，應該要好好把握現在，為自己努力才是。

經過這些風風雨雨，好不容易明白了這個道理。

儘管痛，儘管多麼想要回到過去的時光，但那些曾讓兩人產生裂痕的因素不會消失，反而會越來越大，終究成為相處的絆腳石。

放開手，才會讓兩個人都開始過新的生活。

不去渴求不應該屬於自己的東西，才能真的快樂。

希望他有天會明白這個道理。

很奇怪，人一旦到了某種絕境，突然活過來之後，人生就會發生很大的轉變。

在佳薰的穿針引線之下，先是找到了一個很不錯的工作，上了幾天班之後覺得環境也很友善，就這麼待下來。

也因為房東先生要賣掉原本的房子，介紹另外的住處給我，想不到一樣的租金可以租到交通更便利也更寬敞的住處，所以也搬了新家。

感覺生活都開始慢慢地變得順利而美好。

新家離公司很近，上班前有很長的時間可以悠閒地吃早餐，我總是走路去附近的咖啡店吃頓豐富的早餐再去上班。

記得那天，在店裡濃濃的咖啡香中，我聽見一首歌，是這麼唱的：

……曾經　我也痛過我也恨過怨過放棄過
在自己的房間裡覺得幸福遺棄我
如果沒有分離背叛的醜陋
怎麼算是真愛過

請你試著相信一愛再愛　不要低下頭
別怕青春消失就不信單純的美夢……

——陶晶瑩〈女人心事〉
詞：陶晶瑩　曲：陶晶瑩／黃韻玲

聽著聽著，突然間眼淚就滴進了眼前的咖啡裡。

雖然過去對我來說已經不再痛楚，但這首歌活生生地寫出了那些痛苦，沒有經歷過的人，是無法體會的。

沒有分離背叛的醜陋，怎麼算是真愛過？

寫得真好。

如果沒有那些醜陋不堪的事實，怎麼能夠認清自己要的是什麼。

曾經，我以為自己的幸福，就是和元安在一起直到最後。

直到那天血淋淋的事實攤在眼前，轟地打破了我所有的未來、夢想、人生……幾乎是全部的自己。

我從不願意承認，到被迫面對元安放棄我這件事，一個人舔舐傷口，接到喜帖時曾經也痛到想死。

後來跟元安之間的糾纏不清，跟歐陽蔚的互相傷害，最後都變成了鬧劇，在其他人的眼中反覆播映著。

但是我撐著沒有倒下，撐著走過了那段崎嶇而蜿蜒的路。

獨自療傷的過程痛苦，而且漫長得像是沒有盡頭，但只要願意去面對，願意背負著那些辛苦走過獨自一人的旅途，突然之間會找到一個可以放下的地方，那瞬間，就會釋懷了，所有的一切從那天開始就會慢慢地模糊，然後淡出妳的世界。

當然，朋友的幫助也是很重要的，佳薰跟齊森讓我療傷，給了我很多復原的力量，難過到不行的時候，就靠在他們的肩膀上大哭。

他們教會我哭完了還是要面對另一個嶄新的日子。

慢慢地，自己就一點一滴地找回微笑的力量，找回生活的原動力。

拋開那些讓人痛苦的回憶之後，肩膀上的重量好像突然消失了，腳步也輕快起來，這樣的日子也過得比較開心。

人會改變，生活會改變，不能總是活在過去的美好裡。

不去尋找，不知道未來有什麼更美好的事物在等妳。

就如同現在的我，面對著蛋糕跟好友。

大聲地祝福三十歲的自己，生日快樂。
大雨過後，明天的天空，應該是美麗的青藍色吧。

The End

後記

對於書寫愛情，始終無法信手拈來就是喃喃絮語，萬般苦難中寫出來的文字總和著一點一滴的眼淚。

在抵達彼岸前，愛情，是失根的花。

夜裡無法睡去，白天無法醒來的那些日子，回憶起來還是一陣陣的痛，本以為藉著書寫可以減輕，但書中人的經歷再次提醒自己原來愛情沒有任何道理。

而天底下，關於愛情的慘烈前仆後繼，卻沒有人想過要放棄，想那其中的美好，只有體驗過的人才明瞭。

曾經以為在愛情裡任性也是一種可愛之處，後來才發現原來那樣的方法足以動搖愛情的根基，於是慢慢修改自己，慢慢地，自己都變成自己不認識的樣子，而愛情依然崩塌。

我不懂愛情，或許永遠也不會懂，但或許這樣的單純執著，終究能夠守得雲開見月明。書寫，對我來說已然是種習慣，而如果，這些文字能夠帶給人一絲安慰，甚或淺淺微笑，對我來說，已經很足夠。

很感謝春天給我機會，讓自己得以將這些字句化成白紙黑字的重量，那些夜裡敲打著鍵盤也終於有了意義。

給每個愛自己的人。

Yumi

All about Love / 11

流離在你的愛情之中

國家圖書館出版品預行編目資料
流離在你的愛情之中／Yumi　著.
— 初版. — 臺北市：春天出版國際, 2012.04
面；公分. —（All about Love ；11）
ISBN 978-986-6000-15-7（平裝）
857.7　　　　101003803

ISBN 978-986-6000-15-7
Printed in Taiwan

作　者　Yumi
封面設計　克里斯
內頁編排　三石設計
總編輯　莊宜勳
企劃主編　鍾靈

出版者　春天出版國際文化有限公司
地　址　台北市信義路四段458號3樓
電　話　02-7718-0898
傳　真　02-7718-2388
E－mail　frank.spring@msa.hinet.net
網　址　http://www.bookspring.com.tw
部落格　http://blog.pixnet.net/bookspring
郵政帳號　19705538
戶　名　春天出版國際文化有限公司
法律顧問　蕭顯忠律師事務所
出版日期　二〇一二年四月初版一刷
　　　　二〇一五年四月再版二十刷
定　價　180元

總經銷　楨德圖書事業有限公司
地　址　新北市新店區寶興路45巷6弄6號5樓
電　話　02-8919-3186
傳　真　02-8914-5524

11

All about Love

11

All about Love